廃公園の
ホームレス聖女
3. 囚われの王子と聖女の大冒険
元聖女
アルム・ダンリーク
聖女
キサラ・デローワン

投獄されている
元侯爵
犯人はお前達の中にいる!!
アルム@名探偵爆誕!

牢番
掃除をしていた
雑用係

あーるう、これ見て
エルリーの！
アルム＠お宝発見？

よかったね！

今宵の出会いに乾杯★
アルム@ダークヒーロー誕生

お前のハートを一本釣りだぜっ！
キャー
ステキー♥
我が眷属は、今夜も血に飢えている…

Homeless Saint
in abandoned park

Contents

廃公園のホームレス聖女

Homeless Saint
in abandoned park

3. 囚われの王子と聖女の大冒険

荒瀬ヤヒロ　イラスト にもし
Story by Yahiro Arase　Art by Nimoshi

じゃらり、と、小さな音を立てて皮袋からこぼれた金貨を一瞥《いちべつ》して、男はふっと口の端を歪《ゆが》めた。

「これで、私達に協力しろと?」

男の前にはマントを深く被《かぶ》った人物が座っている。表情は見えないが、口元をきつく引き締めているのがわかった。

「君一人で乗り込んできた勇気は評価するが、我々は金では動かないとお父さんから教わらなかったかい?」

からかうようにそう言ってやると、マントの人物は不愉快《ゆかい》さを隠さずに声を低くした。

「シャステル王家の弱体化はそちらにも都合がいいはず」

「まあね」

男は認めて肩をすくめた。

「いいだろう。協力するよ。君の一族とは友好的でありたいしね」

仲間でも味方でもないが、利害が一致する場合に限り手を組むのもやぶさかではない。

男の答えを聞くなり、マントの人物は席を立って背中を向けた。挨拶《あいさつ》もなしに去るその姿に、男の背後に立っていた部下が怒りを燃やす気配がした。

「……あんな浅い計画に協力するおつもりですか？」

いかにも気に食わないと言いたげな部下の声に、男は短い笑い声をあげた。

「なかなかおもしろそうな話だと思ってな。いい機会だから、光に守られているなどと信じる愚《おろ》かな民に教えてやろうじゃないか。闇《やみ》の深さを」

「……使い魔を暴《あば》れさせても、浄化されて終わりでは？　ジューゼ領では、聖女アルムのせいで——」

失敗した任務の悔しさを思い出したのか、部下がぎりりと歯ぎしりした。

男は笑いながらこう言った。

「ならば、光では浄化できない生きた人間の恨《うら》みをぶつけてやろう。連中がのんきに光を崇《あが》めている陰で過酷な暮らしを強いられている者達の怒りを」

第一章　元聖女アルムと厄《やっ》介《かい》な依頼

華やかに飾りつけられた街のそこここで香ばしい匂《にお》いが立ちのぼる。焼きたてのパンの香りだ。大きなカボチャがごろごろと、イモの詰まった麻袋がどかどかと、並べられた店の前を通り過ぎ、アルムは「ふわぁ」と感嘆の声を漏《も》らした。

「お祭りって、こんなににぎやかなんだ〜」

毎年十一月の初めに行われる収穫祭は、『収穫に喜び、光の恵みに感謝する祭り』だ。今年の収穫に感謝を捧《ささ》げ、来年の実りを祈る。
王都の目抜き通りには食べ物を売る屋台がずらーっと並び、食欲をそそる香りを含んだ湯気が道に漂っていた。

アルムは収穫祭を目にするのは初めてだ。幼《おさな》い頃はひとりぼっちだったし、十三歳からは聖女として大神殿で暮らしていたからだ。その頃は収穫祭とは祈りと儀式で一日が終わる日だと思っていた。
「あっちの道にも屋台が出ているのか。美《お》味《い》しそうな匂いが……っと、そうじゃなくて！　まずは

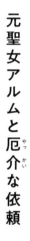

「ミラを捜さないと！」

ついつい香りに引き寄せられそうになったが、現在の状況を思い出したアルムは首を横に振って食欲を振り払った。


初めて目にする収穫祭のにぎわいに、アルムはきょろきょろ目移りしながらも付き添いの侍女から離れずに歩いていた。最初のうちは。

だが、予想以上の人出の多さに、人ごみに慣れていないアルムは流されるままにふらふら歩いて、気づいた時には侍女とはぐれてしまっていたのだ。つまり、現在のアルムは立派な迷子《まいご》である。

「しっかし、本当に人が多いなあ。国中の人が集まっているみたい……」

アルムがそう思うのも無理はない。何故《なぜ》なら、今年の収穫祭は本当に例年より人が多いのだ。


国王代理を務めている第五王子ワイオネルが、本日十八歳の成人を迎えた。

いよいよ正式に王位に就く日取りも決められ、今年の収穫祭は恵みに感謝するだけではなく国王代理の成人祝いも兼ねている。


ワイオネルの成人を祝うために国中の貴族家当主は王城へ出仕している。アルムの兄であるダンリーク男爵ウィレムも朝早くに王城へ向けて出発した。

「今頃《いまごろ》、お兄様は成人の儀式の最中かな」

アルムが王城の方角を眺めて呟《つぶや》いたその時、背後で悲鳴があがった。

「うわああっ！　何者かがいきなり店に投げ込んできた石から瘴気《しょうき》が噴き出したぞ！」

「皆、逃げろ！」

「うーん。はぐれた時の待ち合わせ場所を決めておけばよかったな～」

アルムは振り向くこともせずに左手だけを背後に向けて光を放った。ぶわっと膨れかけていた嫌《いや》な気配が霧散する。

周りがざわざわと騒がしくなったので、アルムはミラを捜しながら移動することにした。

「こっちの通りは飾りつけがすごいな～。藁《わら》で作った人形がたくさんある」

収穫祭では普段は鳥よけに使われている案山子《かかし》にも花を飾ったり立派な服を着せたりして感謝を捧げる。中には愉快《ゆかい》な表情の案山子もいて、道行く人々が眺めて楽しんでいる。

アルムも案山子が並ぶ通りをてくてく歩いた。

「大変だ！　突如《とつじょ》として案山子が動き出して人を襲い始めた！」

「おのれ！　闇《やみ》の魔導師の仕業《しわざ》か？」

「ミラと合流したら、お兄様と屋敷の皆になにか美味しいものを買って帰ろう」

数体の案山子が暴《あば》れているらしい場所に向かって、アルムは立ち止まることもなく通り過ぎざまに光を放った。動きを止めた案山子が地面に倒れる音がした。

「人も多いけど、鳩《はと》も多いな～。ああ、そっか。小麦のおこぼれを狙《ねら》ってるんだ」

人の足の隙間《すきま》を縫うように地面をつつく鳩を見て、アルムは「ふふっ」と小さく微笑《ほほえ》んだ。

「ああっ！　あれを見ろ！」

「コウモリの大群……？　いや、違う！　闇の使い魔の群れがこちらに向かって飛んでくる！」

「キサラ様達とエルリーにもなにか差し入れしたいけれど、今日の大神殿は夜まで参拝客でいっぱいでしょうね」

アルムは苦笑いと共に短い溜《た》め息《いき》をこぼして、空を見上げもせずにかざした手から光を放った。

空から飛来した闇の気配は一掃《いっそう》され、何事もなかったように青い空が広がった。

一連のノールック浄化にざわめく周囲を気にもとめず、アルムはミラを捜してきょろきょろしながら歩いた。

しかし、そんなアルムを邪魔《じゃま》するかのように、あちこちから同時に悲鳴があがった。

「人質を殺されたくなかったら動くんじゃねえぞ！　なにが光の恵みだ！　その光に灼《や》かれて砂漠の民は苦しんでいるっていうのによぉっ！　光の恵みっていうなら、お前らより強い光を浴びせられている俺《おれ》達にこそ恵みを受ける権利があるだろうが！」

ナイフを持った男達が、女性や子供を人質に取ってそんな主張を声高《こわだか》に叫《さけ》んだ。

「あいつらは……砂漠の盗賊団だ！」

「こんな街中まで入ってくるだなんて！」

どうやら、収穫祭の人の出入りに乗じて入り込んだ盗賊が略奪を目論《もくろ》んだようだ。

人質が泣き叫ぶ声と周囲の人々の怒号が響く。鳩がばさばさと羽音を立てて飛び去った。

「くそっ！　皆を放せ！」

「私の子供を返して！」

隙をついて取り押さえようにも、男達は距離をあけて人質を取っているため、一斉に制圧することが難しい。また、男達は普通の一般人と変わらない格好をしているため、人質に危害を加えた後にナイフを捨てて人ごみに紛《まぎ》れ込まれてしまうと厄介だ。

「野郎ども！　根こそぎ奪ってずらかるぞ！」

賊の頭目とおぼしき男が声を張り上げ、数十人の男達があちこちで食料と金品を強奪し始めた。

（王都のあちこちに仲間を散らして人質を取っているのか。全員一気に捕まえないと、一人でも取り逃がしたら人質が危ない……よし！）

アルムはその場にしゃがむと地面に手を触れた。


「人に武器を向けている悪い奴《やつ》を全部捕まえちゃえーっ‼」

アルムの声に応《こた》えるように地面が割れて、木の根が勢いよく飛び出してきた。

太い木の根から伸びた枝が幾重にも分かれ、王都のあちらこちらへ向かって伸びていく。

「うわっ⁉」

「おいっ⁉」

「なんだっ⁉」

突如として伸びてきた木に巻きつかれて動きを封じられた男達が叫ぶ。

「よいしょーっと」

『うわあああああっ‼』

アルムの掛け声と共に、木にぐるぐる巻きにされた男達の身が引き寄せられて一つところにまとめられた。

「ふう。これでよし」

一度に数十名の男達を拘束したアルムは、額の汗をぬぐいながらほっと胸を撫《な》で下ろした。

「アルム様！」

「あ、ミラ」

人ごみの中から慌てた様子で駆け寄ってくる侍女の姿をみつけて、アルムは顔をほころばせた。

「よかった。迷子になって心細かったの。みつけてくれてありがとう」

「いいえ、私がみつけたのではなく、アルム様のお力で居場所がわかったのですが」

ミラは一網打尽にされた男達をちらりと見て顔をしかめた。

「まったく、アルム様の手を煩《わずら》わせるだなんて……この連中は警官に任せて行きましょう」

「うん！」

アルムは元気に頷《うなず》いた。

「あっ、お待ちください聖女様！」

「ありがとうございます聖女様！」

立ち去ろうとしたアルムとミラの周りを群衆が取り囲んだ。

「あのぉ……どいてください」

「聖女様！　どうか私どもと一緒に祈ってください！」

「収穫祭を祝い、一緒に食事をしましょう！」

「聖女様！　聖女様！」

アルムは前に立ちふさがる民衆に頼んだが、興奮した彼らは聞く耳を持たない。どころか、ずいずいと距離を詰めてくる。

「私は聖女じゃないです。辞めたんだから……」

『聖女様！　聖女様！』

どんどん大きくなる『聖女様コール』に声をかき消されて、アルムの堪忍袋《かんにんぶくろ》の緒《お》がぷちっと切れた。

「んもぉ……どいてってばーっ‼」

こちらの言葉を聞かずに勝手に盛り上がる群衆に怒ったアルムが怒鳴《どな》った途端、強烈な光がほとばしった。

「ぎゃあっ⁉」

「目がぁっ！　目がぁっ！」

「聖女の怒りが⁉」

強い光に目がくらんだ人々が叫ぶ。

「五分くらいで治りますよ。さ、ミラ。今のうちに行こう」

アルムはミラを連れて、目を押さえて呻《うめ》く人々の間を通り抜けた。

＊＊＊

アルムが迷子になって街中をさまよっていた頃、アルムの兄ウィレムは儀式を行う際に使用する王城の鏡の間にて国王代理の成人を祝う儀式に参列していた。

大神官の祈りの声が静寂の中に響いている。国中の貴族家当主が注目する中で、若き国王代理ワイオネルが光の神の像の前にひざまずく。

大神官の祈りが終わり、ワイオネルが白貂《しろてん》の毛皮を裏地にした天鵞絨《ビロード》のマントをはらって立ち上がり、儀式用の椅子《いす》に座る。

「シャステルの光となる御身に祝福を」

大神官がワイオネルの成人を認め祝福する。

「シャステルの光に栄光あれ！」

『シャステルの光に栄光あれ！』

貴族達が唱和し、ワイオネルの成人と王位を継ぐ資格が認められた。これから先は戴冠式に向けて慌ただしくなる。

すべての行程がつつがなく終了し、ワイオネルが退席しようとした時だった。

突如として、角柱の陰から飛び出してきた人物がまっすぐにワイオネルに向かって走り寄った。

高窓から射《さ》し込《こ》む日の光を受けた銀の刃《やいば》が、一瞬、まばゆくきらめいた。

一番近くにいた近衛《このえ》騎士が、体を投げ出すようにしてワイオネルと襲撃者の間に入った。

次の瞬間、高窓が割れ、ガラス片を撒《ま》き散らしながらなにかが侵入してきた。それは勢いよく伸びてきて襲撃者の腕に絡《から》みついた。

「なっ……!?」

驚愕《きょうがく》の声をあげる襲撃者の腰にぐるぐる巻きついたそれは、襲撃者を荷物のように持ち上げると、今度は逆にしゅるしゅると巻き戻っていく。

儀式の場で国王代理を狙った襲撃者は、突如窓を破って伸びてきた木の根のようなものに巻き取られて連れ去られた。

誰《だれ》もがぽかーんと割れた高窓を見上げる中で、いち早く我に返ったのは襲われた張本人だった。

「皆の者！　この場に不埒《ふらち》な慮外者が紛れ込んでいたこと誠に遺憾に思う！　だが、我が国には光の神の加護がある！　光の神の寵愛《ちょうあい》を受けた聖女の御業《みわざ》によって罪深き蛮行は防がれた！　光に感謝を！」

儀式の間に王位継承者の命を狙う侵入者が入り込むなど、とんでもない椿事《ちんじ》だ。ワイオネルは皆が混乱しているうちに強引《ごういん》に押し切ることにしたようだ。

「光に感謝を！」

「聖女を讃《たた》えよ！」

ワイオネルの意を汲《く》んだ高位貴族が真っ先に声を張り上げ、その場の雰囲気を『光の神に感謝し、光に守護されし我らの主君と聖女を讃える』方向に誘導する。

（アルムになにがあったんだ……？）

祝福と讃辞《さんじ》が響き渡る中、ウィレムは一人背中に汗を掻《か》いていた。

巨大な木の根を操《あやつ》って悪者を捕獲できるのなんて、この世界にただ一人、彼の妹以外にいないからだ。

＊＊＊

騒動のせいでしばらくはうろたえていた王都の民だったが、そこで祭りを終わりにできるはずがない。なにせ今日は収穫祭。一年で最も喜びにあふれた日なのだ。

ましてや、王となる若者の成人を祝う日でもある。賊が乱入したくらいで今日という日を台無しにしてたまるものかと、店の主《あるじ》はこれまで以上に威勢のいい声を張り上げ、客達も笑い声を響かせ、通りにはまたにぎわいが戻り出した。

「みんな、楽しそうだなあ」

王都の民のたくましさに感心しながら、アルムは帰る前に兄と屋敷の皆へのおみやげを選ぶことにした。

「冷めても美味しく食べられるものがいいよね」

「そうですね。あちらの方にお菓子《かし》の店が並んでいますよ」

ミラと話しながら歩いていると、広場の方から軽快な音楽と歌が聞こえてきた。人がそちらへ集まっていくので、アルムも好奇心でちょこちょこと近寄ってみた。

「王宮前広場で劇をやっているみたいですね」

再びはぐれないように、人の流れからさりげなくアルムを守りながらミラが言う。

「劇？」

「まあ、劇といっても青年団や街の若者の集まり、孤児院の子供達などが演じる素人《しろうと》劇ですけれど。今やっているのはどうやら光の勇者の話のようですね」

遠目に見える舞台では剣を持った若者が聖女のような服装の少女と手を繋《つな》いで台詞《せりふ》を叫んでいる。この国の初代国王が始まりの聖女と出会い、闇との戦いの末に国を興した神話をもとにした光の勇者の物語だ。子供から大人まで皆知っているので演目に選ばれやすい。

光の勇者が闇の魔物を倒す。内容を知らない者などいないだろうに、それでも皆が舞台に夢中になって拍手を送っているのを見て、アルムは少し首を傾《かし》げた。

「知っている話なのに、舞台になるとなんかわくわくするね。どうしてだろう」

「本を読むのとは違って、動きや音がありますからね。勇者の戦いを間近で見ているような気分になるのかもしれません」

「ふーん……」

アルムは背伸びをして舞台を眺めた。主役の青年はなかなかの熱演で、舞台の上でのびのびと駆け回っている。アルムには観劇の経験はないが、いつの間にか主役の青年の動きを目で追って手に汗を握っている自分に気づいた。彼が魔王を倒した時には「やった！」と小さく声も出てしまったほどだ。

周りの人々も勇者の戦いに興奮したり声援を送っている。舞台の力を目の当《ま》たりにしたアルムはすっかり感心して拍手をした。

「おとーさん、勇者様かっこいいね！」

近くにいた親子連れの、肩車された子供がそう言うのが聞こえた。

（確かに、こうやって目で見た方がかっこいいし応援したくなるかも……劇か）

ふと思いついた考えに、アルムは顎《あご》に指を当てて「ふむ」と唸《うな》った。

＊＊＊

そんなことがあった収穫祭から三日後。

「その時、恐ろしい邪霊の群れが彼女を取り囲んだ。絶体絶命の窮地に、ソフィアは立ち尽くすことしかできなかった。邪霊達は聖女であるソフィアを恐れる様子もなく、その闇に染まった魔の手を伸ばし――ねえ、どうしてソフィアは邪霊を吹っ飛ばさないのかしら？」

主人公の聖女が活躍する流行の冒険小説を読んでいたアルムは、首を傾げて傍《かたわ》らの侍女に尋ねた。

茶を淹《い》れてくれていたミラは、一呼吸置いてから「私が思うに」と発言した。

「おそらく、一般的な聖女には邪霊を一瞬で吹っ飛ばすのは難しいのだと思います」

「そうなの？」

意外なことを言われて、アルムは目を丸くした。

瘴気が寄り集まって人の形に変化したものを幽霊と呼ぶ。邪霊とは、その幽霊が進化して自我を持ち、人に害をなすようになったものだ。確かに、この世で最も恐ろしい存在であり聖女や神官の天敵とされているが、所詮《しょせん》は瘴気の塊だ。浄化してしまえばいいだけだ、とアルムは思う。

規格外の光の魔力を持って生まれてきた元聖女アルムには、小説の主人公のピンチに共感することができなかった。

「でも、キサラ様なら邪霊ぐらい倒せそうだけどな」

かつての同僚を思い浮かべながら、アルムはソファに座り直した。ソファの隣の安楽椅子《あんらくいす》にはウィレムが腰掛けている。

夕食後のひとときを、兄と妹は談話室で穏やかに過ごしていた。

「ずいぶん熱心に本を読んでいるようだな」

若者向けの冒険小説や、勇者や英雄が出てくる物語に熱中している妹に、ウィレムは目を細めて微笑んだ。

「はい！　闇の魔力の持ち主が活躍して『すごい、かっこいい』って褒められている物語がないか探しているんです！」

「闇の魔力の持ち主が活躍する物語？」

アルムが答えると、ウィレムが不思議そうに聞き返した。

「収穫祭の時に、私が悪い人達を捕まえたら皆が喜んでくれたじゃないですか」

アルムにはまったく心当たりがないのだが、国王代理暗殺を防いだとかで『褒美《ほうび》』だの『功績を讃えて国王代理と結婚』だのを押しつけてくる宰相の使者を撃退したのはつい昨日のことだ。

『褒美！　結婚！』とうるさい使者を吹っ飛ばしながらアルムは思った。

国王代理の暗殺を防ぐレベルの活躍をすれば、たとえそれが闇の魔力の持ち主であっても国は功績を讃えざるを得ないのではないか、と。

闇の魔力の持ち主が国から讃えられれば、闇の魔力を持つ者が悪人ばかりではないと証明できる。

だからといって、正義の心を持った闇の魔力の持ち主が都合よくその辺に転がっているわけでもないので実現は難しいだろうが。

だがしかし、架空の物語ならば闇の魔力を駆使して人を救うキャラクターが存在するかもしれない。

「闇の魔力を使って活躍するヒーローが人気者になれば、世の中のイメージが変わると思うんです！」

三日前、広場で観《み》た光の勇者の劇を思い出す。観客は皆、勇者を応援していた。

懸命に頑張り敵と戦う主人公の姿に、観客は感動して「かっこいい」と憧《あこが》れるのだ。ならば、その主人公が光ではなく闇の魔力の持ち主ならどうだ。闇の魔力を持ちながら己《おのれ》の運命に抗《あらが》い、懸命に人を救う主人公ならば、観客は応援したくなるのではないだろうか。

（闇の魔力のイメージを向上したい。エルリーのために！）

闇の魔力を持って生まれ、そのせいで隠されて閉じ込められていたエルリー。

エルリーがそんな目に遭ったのは、闇の魔力が無闇《むやみ》に恐れられているせいだ。闇の魔力の持ち主がかっこよく活躍する物語が流行れば、世間の目も変わるのではと思いついたアルムは、そんな物語を探しているのだ。

「昼間、遊びにきたガードナー殿下にも聞いてみましたけど、筋肉が活躍しない物語には興味ないそうで」

「そんな暑苦しそうな物語、奴《やつ》の他に誰も読まないだろう」

筋肉を愛する第二王子を「奴」呼ばわりしてウィレムが顔をしかめた。

「できれば、闇の魔力を駆使して戦うダークヒーローが主人公の舞台が流行ればいいなって思ってるんです。観客が主人公を応援したくなるような」

「だが、舞台でも小説でも、闇はたいてい悪役だろう」

「そうなんですよね……」

ウィレムの言葉にアルムは肩を落とした。光を信仰するこの国では、光は常に善であり闇は敵対する悪だ。

「荒唐無稽《こうとうむけい》でもいいから正義の味方のダークヒーローが登場しないかな……荒唐無稽といえば、この小説もそうですね。邪霊なんて滅多にいないはずなのに、主人公の前にことあるごとに現れて邪魔をするし。それに、王太子が聖女に面と向かって邪霊退治を命じるなんて普通はないです」

聖女への仕事の依頼は聖殿担当の特級神官がすべて管理するはずだ。つまり、本来は王太子と聖女の間にヨハネスっぽい奴が挟まるはずなのだ。


話し終えて溜め息を漏らすアルムの前に、温かい湯気を立てるお茶が置かれる。アルムはお茶を一口飲むと物語の続きに目を走らせた。

茶を淹れ終えたミラが下がると、談話室にはアルムがページをめくる音とウィレムが手紙の束《たば》を整理する紙の擦《こす》れる音だけが響いた。

静かで平和な夜だ。

ゆったりと流れる時間に身を任せてくつろぐ兄と妹。

しかし、その憩《いこ》いの時間を切り裂くように、玄関の呼び鈴がジリリジリリと鳴り出した。

「こんな時間に誰だ？」

怪訝《けげん》な表情をしたウィレムが使用人を待たずに自ら玄関に向かって扉を開ける。

扉の外に立っていたのは、深く被《かぶ》ったフードで顔を隠した男だった。

不審者かと身構えかけたウィレムの前で、男はフードをずらして顔を見せた。

そこにいたのは、濃緑の髪と金色の瞳《ひとみ》を持つ精悍《せいかん》な面構えの青年――若き国王代理ワイオネルだった。

「夜分にすまない。頼みがあって」

ばたん。

皆まで聞かず、ウィレムが扉を閉めた。

「何故閉める⁉」

「うちは王子お断りだ！」

「嘘《うそ》を吐《つ》け！　今日の昼間、ガードナーが来てアルムと庭で茶を飲んでいたのを知っているんだぞ！」

扉を押し開けながらワイオネルが怒鳴る。

ウィレムとしては王子は全員出禁にしたいくらいなのだが、第二王子ガードナーは高笑いと共に現れて呼び鈴も鳴らさずに勝手に入ってくるのだ。

ただ、強引に侵入してくることを除けば、茶を飲みながら世間話と筋肉自慢をするだけで特に害はない。アルムも突撃訪問に慣れたのか怯《おび》えることなく相手をしている様子なので、たまに遊びに来るくらいは許している。

「悔しかったら第二王子になって出直してこい！」

「急いでいるんだ！　どうしてもアルムに頼みたいことがっ……」

「こんな時間に押しかけてくるような常識のない男にアルムは渡さんぞぉぉっ‼」

「ちょっと待て！　今日は求婚しにきたわけじゃない！　話を聞け！」

扉を開けようとするワイオネルと閉めようとするウィレムの戦いが繰り広げられる。

その戦いをはらはらと見守っていたアルムは、おそるおそる兄に近づいた。

「お、お兄様。話を聞くくらいなら……」

なんの話か知らないが、聞くだけ聞いてとっとと帰ってもらった方がいい。そう考えたアルムの耳に、ワイオネルの叫びが響いた。

「頼む、アルム！　ヨハネスを助けてくれ！」

ばたん。

アルムは思わず兄に加勢して扉を閉めていた。

「お兄様。扉を開けられないように結界を張りましょう」

「それがいい」

アルムが提案すると、ウィレムもグッと親指を立てて賛成した。

だが、それを実行に移す前に扉の向こうでワイオネルが叫んだ。

「このままでは、ヨハネスが殺されてしまう！」

アルムは思わず兄と顔を見合わせた。

＊＊＊

ヨハネスの名前を聞いて反射的に扉を閉めてしまったアルムだったが、さすがに「殺される」という物騒《ぶっそう》な台詞を無視することはできなかった。

「で、どういうことなんです？」

扉を開けて招き入れたワイオネルに尋ねると、彼は真剣な表情で切り出した。

「これは一部の者しか知らない極秘事項だ。三日前に俺の命を狙った暗殺者が、黒幕の名前を吐いた」

「暗殺されかかった直後のくせに、ふらふら出歩かないでお城にいてくださいよ」

供もつけずにやってきたワイオネルに、アルムは呆《あき》れてそう言った。

「王位継承者しか知らない秘密の抜け道を通ってきた。俺が城にいないことは誰にも気づかれていないから大丈夫だ」

「なんで抜け道を通ってまでしてただの男爵家に来て次々に極秘事項を喋《しゃべ》るんですか。後で口封じでもするつもりですか」

アルムと一緒に話を聞いているウィレムも突っ込みを入れる。ワイオネルにそのつもりがなくとも、国王代理がお忍びで訪ねてきたというだけで「たかが男爵家のくせに生意気だ」と他の貴族から目をつけられる恐れはある。

「そうではない。アルムの力を借りたいのだ。俺一人では、どうにもできない」

ワイオネルはぐっと眉根《まゆね》を寄せて言った。

「暗殺者が吐いた黒幕の名は……俺の命を狙った者は――ヨハネス・シャステルだ、と」

「ええっ⁉」

アルムは思わず素っ頓狂な声をあげた。「まさかあの人が」という衝撃に目を見開く。

ヨハネス・シャステル。第七王子にして大神殿に仕える神官であり、アルムが聖女を辞める原因となったパワハラ野郎である。

「ヨハネス殿下がそんな……なにかの間違いです！」

アルムは力強く訴えた。

「アルム……ヨハネスを信じてくれるのだな？」

ワイオネルがアルムの反応に感動して目を細める。

「だって、キサラ様が言ってました！　ヨハネス殿下が隠れて私に会いに来たりしないように、ここ一ヶ月ほどは仕事の後に『ストーカー更生プログラム』を受けさせているって！」

「更生プログラム⁉」

被害者の気持ちになって考えられるように、悪質なつきまといや一方的に手紙を送りつけるなどの行為がいかに迷惑で気持ち悪いかを教え諭《さと》しているそうだ。その甲斐《かい》あってか、ここしばらくは手紙も送られてこず、アルムは快適に過ごしていた。

「だから、ヨハネス殿下はこの一ヶ月間は仕事以外の理由で大神殿の外に出たことはないはずです。暗殺者に接触する機会もなかったと思います」

アルムはヨハネスのことは信じていないが、キサラの手腕は信じている。彼女がヨハネスのプライベートな時間をきっちり管理してカリキュラムを組んでいるのだから、暗殺など企《たくら》む余裕はないはずだ。

「父兄会からも妙な動きがあったとは聞いていないな……」

「父兄会？」

「いや、なんでもない」

ウィレムの呟きが聞こえたアルムが首を傾げると、兄は誤魔化《ごまか》すように咳払《せきばら》いをした。

「もちろん、俺もヨハネスが犯人だなどと信じていない」

ワイオネルが目を伏せて言った。

「誰かがヨハネスを陥《おとしい》れたんだ。無実を証明するために、真の犯人をみつけなければならない」

「まさかとは思いますが、アルムに犯人捜しに協力しろというのではないでしょうね」

ウィレムが眉《まゆ》をひそめた。暗殺だの冤罪《えんざい》だのといった王家のごたごたにアルムを巻き込もうというのなら、国王代理だろうがなんだろうが家から叩《たた》き出してやると言いたげな表情でワイオネルを睨《にら》んでいる。

「そうではない。アルムには、ヨハネスを守ってもらいたいのだ」

ワイオネルの切実な訴えに、アルムは反射的に「嫌」と答えそうになった。

自分を酷使した男を「守れ」と言われても、やる気など起きようはずもない。

だがしかし、相手は第七王子で、依頼主はまもなく正式に即位する国王代理だ。「なんであんな男を守らなくちゃいけないんだ」などと口に出したら、自分はともかく男爵である兄の立場が悪くなる。

そう思って、アルムはぐっと口をつぐんだ。


「なんでアルムがあんなパワハラ勘違い野郎を守らなくちゃいけないんだ！　守りたいなら自分で守ればいいだろう！　そのくらいの権力持ってるだろうが！」


アルムが兄のためを思ってのみ込んだ台詞を、当のウィレムがなんのためらいもなく言い放った。とても国王代理へ向ける態度ではないのだが、ワイオネルは咎《とが》めることもなく話を続ける。

「もちろん、俺はあらゆる手を使ってヨハネスの無実を証明するつもりだ。だが、それまでの間、ヨハネスは牢《ろう》で過ごさねばならない」

アルムの脳裏に、鉄格子《てつごうし》を摑《つか》んでこちらを威嚇するヨハネスの姿が思い浮かんだ。犯罪者というよりは凶悪な珍獣みたいだ。

（ヨハネス殿下が捕まっちゃったなら、大神殿も大騒ぎだろうなあ。エルリーが不安になっていないかな？）

明日にでも様子を見に行こうかと思案するアルムだったが、それをさえぎるようにワイオネルが椅子から腰を浮かして身を乗り出してきた。

「今回の暗殺未遂、もしも犯人の真の狙いが俺ではなく、ヨハネスだとしたら？」

「え？」

アルムは目を瞬《またた》いた。

「ヨハネスを警備の厳重な大神殿から連れ出すために、暗殺の黒幕に仕立てて牢に入れられるように仕向けた。そうだとしたら、牢の中のヨハネスに暗殺者が差し向けられるかもしれない」

「そんな……」

顔を青ざめさせたアルムは身を守るようにワイオネルから距離を取り、叫んだ。

「わ……私は無実です！」

『ヨハネスを狙う動機になりそうな因縁のある相手』として自分の名前が捜査網に挙がるのではないかと危惧《きぐ》したアルムは、兄の後ろに隠れてぶるぶると震え出した。

いや、もしくはヨハネスを牢から出す口実としてアルムが犯人に仕立て上げられる可能性もある。

男爵の異母妹、それも庶子《しょし》でしかない自分など、『第七王子と確執があった娘に罪を着せて真相を葬《ほうむ》ろう』となってもおかしくはないとアルムは考えた。このままでは無実の罪を着せられてひっそりと処分されてしまう。

「ヨ、ヨハネス殿下を救うために私に犠牲になれって言うんですね⁉　お、王族って奴はこれだから！　人の命をなんだと思ってるんだ！」

「落ち着けアルム！　誰もそんなこと言っていない！」

「では、アルムになにをしろと？」

怯えたアルムに盾にされたウィレムが冷ややかな目でワイオネルを睨んだ。ワイオネルがアルムになにをさせたいのか、だいたい察したウィレムは「そう簡単に妹を利用させるものか」と言いたげに腕を組んだ。

ワイオネルは一度大きく息を吸い、ウィレムの背中にしがみつくアルムに向かって言った。

「俺が犯人をみつけるまでの間、ヨハネスの牢に結界を張ってもらいたい。ヨハネスを傷つける者が侵入できない結界を」

どうやら、身代わりになれという話ではないらしい。アルムはウィレムの背中から顔を出してワイオネルを見た。

「キサラ様達に頼めばいいじゃないですか」

「というか、そもそも結界など張らなくても、牢の警護を固めれば済む話でしょう」

わざわざダンリーク家にまで来なくても、聖女なら誰でも結界を張れると主張するアルムに対して、ウィレムは信頼できる者に牢を守らせればいいだけだとワイオネルに向けて言う。

「牢の中なら怪《あや》しい者が近づけないから、逆に守りやすいはずだ」

「……捕まったのがヨハネスでなければ、そうしていた」

ワイオネルが少し肩を落として「ふう」と短い息を吐いた。

「知っての通り、俺達は七人兄弟だ。母の身分から俺が王位を継ぐと言われていたが、すべての貴族が俺が王になることを望んでいるわけじゃない」

ワイオネルが静かに告げた言葉に、ウィレムは彼の言いたいことを悟って小さく頷いたが、アルムは「よくわからない」といった表情で首を傾げた。

「しかし、俺の兄弟はどうも王位への執着が薄かったようで、貴族の後ろ盾を得て俺を追い落とそうとする者はいなかった」

アルムの脳裏に第一王子と第二王子の姿がよぎった。確かに、王位へ向けるべき執着を婚約者や筋肉へ向けてしまっている印象がある。

「だが、ヨハネスが光の魔力に目覚めたことで、それまで俺を支持していた者の中からもヨハネスの即位を望む声があがった。この国では、光の魔力を持つ国王はなによりも望まれるからな」

「ええー……？」

アルムは正直な想《おも》いを表情に浮かべた。ヨハネスが国王だなんて想像できない。というより、神官服以外のヨハネスを想像できない。

「ヨハネス自身は昔から『神官になる』と言っていて、言葉通りにさっさと大神殿に入ってしまったから周りも一度は諦《あきら》めた。だが、今でもヨハネスに期待している者は多いし、俺の支持者はその連中を警戒している」

ワイオネルはそう言うと、目を閉じて溜め息を吐きながら天を仰《あお》いだ。

「なるほど、ワイオネル殿下の即位を望む忠実な者ほど、ヨハネス殿下の存在を目障りに思っているというわけですね。中にはヨハネス殿下の失脚を目論む者がいてもおかしくない。さりとて、この状況でヨハネス殿下を担《かつ》ぐ者を牢に近づけるわけにもいかない。それで、警護ではなく聖女の結界で守ろうと」

「？」

ウィレムの言葉に、アルムは疑問符を浮かべた。

（えーと？　つまり、ワイオネル殿下の部下はヨハネス殿下をあまり好きじゃなくて、もしも犯人の目的がヨハネス殿下を失脚させることだったとしたら……）

「ワイオネル殿下の部下には、ヨハネス殿下に罪を着せる動機があるってことですか！」

自分以外にも動機のある人物がいると知って、アルムはぱちんと指をはじいた。万が一、冤罪で裁かれそうになったら、他にも容疑者がいる事実を武器にして法廷で闘おう。

「もちろん、俺は自分の部下を信頼している。ただ、俺の命令で『俺の命を狙った疑いをかけられているヨハネスを守る』ことに複雑な想いを抱かないとは言えない」

「自分の主人を狙ったかもしれない奴、と思うと手抜きしたくなるかもしれませんもんね」

どんなに忠実に職務に励むつもりでも、心のどこかに疑いを持っていたらそれが隙を生むかもしれない。

かといって、ヨハネスに疑いがかけられている以上、ヨハネスを支持する者を近づけるわけにはいかない。

「ヨハネスの命が狙われているとしたら、敵はどんな手を使ってくるかわからない。アルム以外の聖女では、もしも敵が強力な闇の魔導師を差し向けてきた場合に心許《こころもと》ない。万が一があってはいけないのだ」

それで、アルムに結界を張ってほしいと言いにきたのだ。わざわざ、秘密の抜け道を通ってまでして。


美しい兄弟愛に感動して協力して差し上げたいところだが、守る対象がヨハネスであるという一点がネックになってやる気が出てこない。

（やる気が出ないからって断るのはひどいよね。うん、よし。やる気が出るように、ヨハネス殿下のいいところを思い出してみよう！）

アルムは目を閉じてヨハネスと過ごした日々を思い返した。

少し口の悪い少年神官からの罵声《ばせい》、酷使、無理難題……


「どうしよう。さらにやる気がなくなった」

「アルム、頼む。こんなことでヨハネスを失うわけにはいかないんだ」

やる気の低下を嘆くアルムの手を握ったワイオネルが、熱を込めて言った。

こちらを貫かんばかりにまっすぐみつめてくる金の瞳を見て、ワイオネルが本当に心からヨハネスを守りたいと思っていることが伝わってきてアルムははっと気づいた。

ワイオネルが供もつけずに一人で頼みにきた理由。

アルムにとってはパワハラ野郎なヨハネスだが、ワイオネルにとっては大事な弟なのだ。

これは国王代理としての依頼ではなく、ヨハネスの兄としての頼みなのだ。一人の兄が、無実の弟を助けたいと願っている。


アルムはちらりとウィレムに目をやった。

（もしも、お兄様が無実の罪で捕まったりしたら……）

自分だったらなにをするかわからない。結界を張るだけで済ませられるだろうか。疑わしい人間をかたっぱしから捕まえてきて、真犯人が自白するまで空中に浮かべて逆さまにしたりぐるぐる回したりしてしまうかもしれない。

「……わかりました。結界を張りに行きます」

「本当か⁉　ああ、ありがとうアルム！」

アルムはワイオネルが心からうれしそうな表情を浮かべるのを初めて目にした。

それはただの十八歳の普通の青年の笑顔だった。

＊＊＊

地下牢には一切《いっさい》の日《ひ》が射さない。

ここに入れられればどんな人間でも真の暗闇《くらやみ》に耐えかねて、尋問に口を割ってしまう。

そんな暗闇の中で、捕らえられた男は低い声で呟いた。

「……たいした騒ぎは起こせませんでしたね」

地下牢に他に人はいない。男の声に応える者は誰もいない――はずだった。

『……砂漠の民も期待外れだったな』

声だけが、闇の中から返ってくる。

『私はちゃんと「お前達の苦しい生活も知らずに、王都の連中はたらふく恵みを貪っているぞ」と吹き込んで憎しみを煽《あお》ってやったんだが』

「やっぱり聖女アルムに邪魔されました。……忌々《いまいま》しい」

男はチッと舌を打った。


計画では、もっと収穫祭を混乱させるつもりだった。平民の間に大神殿とシャステル王家への不信と不満を芽生《めば》えさせ、若き国王代理ワイオネルと神官ヨハネスを追い詰めるつもりだったのに、結果は聖女アルムの名声を高めただけだった。


『まあ、収穫祭はおまけだ。ヨハネスを監獄塔へ入れる方は首尾よくいったのだろう?』

「ええ。……しかし、貴方《あなた》様が自ら乗り込むこともないでしょうに」

『私もたまには活躍しないと、部下達に示しがつかないだろう?』

楽しそうな響きに、男は溜め息を吐いた。

「まあいいです。が、聖女アルムにはお気をつけください」

男はジューゼ領で「エルリーの心は闇に染まらない」などと夢物語を吐く小娘に邪魔された屈辱を思い返して眉間《みけん》にしわを寄せた。
闇の魔力を持つ者のことは、同じ力を持った者にしかわからない。闇は闇と混じり、より昏《くら》い闇になるしかないのだ。それなのに。

「……まあ、聖女アルムが監獄塔に来ることはないと思いますが」
『聖女アルムか……いつか、会ってみたいものだがな』

その言葉を最後に、声は聞こえなくなった。
地下牢の男は一度大きく息を吸い込むと、静寂の中で目を閉じた。
その男の体を、煙《けむり》のような闇が包み込んだ。

第二章
塔の中の怪《あや》しい面々

「あ〜あ。やだなあ……」

アルムは目の前にそびえる塔を見上げて重い溜《た》め息《いき》を吐《つ》いた。

王都の北東部に威容を誇る監獄塔は、周囲を堅固な壁に囲まれている上に壁の外側には堀が張り巡らされており、塔というよりまるで要塞のようだ。実際に、この壁の中にはかつては王の居城があり、建国したばかりでまだ小さな国だった頃のシャステル王国はこの要塞のような城を中心にして敵と戦い、領土を広げていったと言われている。

しかし、長年の戦いで城はぼろぼろになり、面積を増した王都の中心に新たな城が建てられると古い城は解体され、巨大な塔だけが残された。

新たな城ができて王がそちらに移った後、城の跡地に建つ塔は『監獄塔』として国事犯を収容する場所として使われるようになった。高い壁に囲まれているため、侵入も脱出も容易ではないからだ。

「とにかく、結界だけ張ってすぐに帰ろう」

弟を案じるワイオネルの真剣さに負けて承諾してしまったが、ヨハネスに会うのはやはり気が進まない。

まあ、場所が大神殿ではないし、ヨハネスは鉄格子《てつごうし》の向こうなので今回はウニる心配はないだろう。

気は進まないながらも堀にかかる橋を渡り、門番に声をかける。ワイオネルから持たされた面会許可証を見せてしばらく待っていると、目の前で軋《きし》むような音を立てて重厚な門が開いた。

ちなみに、囚人《しゅうじん》との面会理由を『聖女による慰問』としたため、アルムはかつての職場の制服である法衣を着用している。

「元聖女だって言ってるのになあ」

辞めたと何度説明しても、周りはアルムを「聖女様」と呼ぶ。辞めると宣言して大神殿を飛び出して廃公園でホームレス生活を満喫していた人間を、いつまで聖女扱いするつもりなのだろう。

ぶちぶちぼやきながら門をくぐると、塔の手前の低い建物から牢番《ろうばん》らしき男が一人、こちらへ向かってくるのが見えた。

「面会の聖女様だべか？　オラが扉開けるんで、ついてきてくれっぺか」

訛《なま》りのひどい牢番は中肉中背のこれといって特徴のない男だった。若いのか歳《とし》を取っているのか、いまいちわからない。

猫背の背中を向けて先に立って歩き出す牢番に、アルムは小走りについていった。

まばらに草の生《は》えた地面の、広大な敷地の中に、ぽつんと建つ古い塔。

煉瓦《れんが》を積み重ねた六階建ての塔は最上階が王族用の牢で、王位をめぐって争った敗者や陰謀に陥《おとしい》れられた悲運の王子が囚《とら》われて憤死《ふんし》した場所だという。

牢番は腰につけた鍵束《かぎたば》を握ると入り口の鍵を開ける。重々しい軋《きし》み音を立てて扉が開いた。

薄暗い内部は空気がひんやりとして冷たかった。緩やかな曲線を描く細い通路の先に石造りの階段が見える。

足を踏み入れると、古くて重苦しい空気がまとわりついてくるような気がした。

牢番はその場に残って入り口を守るつもりなのか、扉の前に立ちアルムを見送った。

(早く済ませて帰ろう)

アルムは肩をぶるっと震わせてそう考えた。

＊＊＊

聖シャステル王国第七王子ヨハネス。

幼少の頃より才気煥発《かんぱつ》、明達な子供であった彼を見て周りの者はこう言った。

他の兄弟より先に生まれていれば、母親の身分が高ければ、きっと王太子になれたであろうに、と。


だが、ヨハネス本人は一度たりとも王位を望んだことはなかった。物心ついた時から、自分の行くべき場所は大神殿であると思い定めていたのだ。

王位に興味のないヨハネスは、神官となった時に自身の王位継承権を放棄しようと思っていた。

だが、ワイオネルにそれを止められて説得された。

「自分になにかあった時のために、兄弟中で最も優秀なヨハネスの継承権を残しておきたい」と言うワイオネルに懇願され、王子の身分と継承権を持ったままで神官となった。


しかし、こんなことになるのなら、やはりあの時に継承権を放棄しておけばよかった。そうすれば、『王位を狙《ねら》って暗殺者を差し向けた』などという、くだらない嫌疑をかけられずに済んだはずだ。

こめかみに青筋を浮かべながら、ヨハネスはそう思った。


「ううっ……栄《は》えある大　神殿の神官ともあろう者がこんなっ……やったならやったと素直に吐いた方が罪が軽くなりますわよ」

「ふざけんなっ!!」

牢の前で面会者用の椅子《いす》に座り、わざとらしい泣き真似《まね》をした後で自白を勧めてくるキサラに、ヨハネスは苛立《いらだ》ちを隠さずに怒鳴《どな》った。

面会という名のおちょくりにやってきた筆頭聖女はヨハネスの怒りなどものともせず、涼しい顔で膝《ひざ》に乗せた小さな女の子を抱き直した。

「なんですの、その態度は。神官で王子のくせにあっさり牢に入れられた間抜《まぬ》け者の荒《すさ》んだ心を癒《い》やして差し上げようと、エルリーも連れてきてあげましたのに」

「よーねる殿下、悪い子？　めっ！」

「エルリ〜っ！　わざわざ階段を上ってきてくれたのか？」

ヨハネスは鉄格子を摑《つか》んででれでれと相好《そうごう》を崩した。キサラの言う通りになるのは癪《しゃく》だが、陰鬱《いんうつ》な牢の中で落ち込んだ気分がエルリーの可愛《かわい》さで癒やされるのは確かだ。

「途中までは牢番さんが抱っこしてくれたんですのよ」

子供好きなのか、キサラが連れてきたエルリーを目にした牢番は「あんれまあ、小せぇ聖女様まで来てくれたべ〜」と言って目尻を下げていた。

以前は闇《やみ》の魔力をダダ漏《も》れにしていたエルリーだが、アルムお手製の護符に守られ、大神殿で魔

力のコントロールも学んでいるため、魔力を体内にとどめておけるようになっている。現在は普通の暮らしに慣れるように他人との接触や外出も少しずつ増やしている最中だ。

「はあ……どうせならお前じゃなくて、アルムがエルリーと一緒に来てくれていたらよかったのに」

「罪人の分際でさらに強欲《ごうよく》だなんて、救いようがありませんわ。エルリー、こんな愚《おろ》かな犯罪者に近づいては駄目《だめ》よ。帰りましょう」

キサラはヨハネスを軽く睨《にら》みつけて立ち上がった。

「では、殿下。あまり長居はしませんようにお願いいたします。大神殿の仕事が滞《とどこお》ったら困りますので」

「そう思うなら、無実の証明に協力ぐらいしろ」

長居したくてするわけがないだろう、と鉄格子を握って唸《うな》り声をあげるヨハネスに背を向けて、キサラが階段に向かおうとした時だった。

ぐらり、と塔全体が揺れた。

「なんだ⁉」

地震とは明らかに違う奇妙な揺れ方に、ヨハネスが警戒しながら辺りを見回す。

次の瞬間、天井から染み出すように瘴気《しょうき》が現れて、じわじわとヨハネスらに迫ってきた。

＊＊＊

「次が四階か……」

階段を上りきったアルムは足を止めて「はあ～」と息を吐き出した。

普通の建物のように上から下まで階段が繋《つな》がっていれば楽なのだが、この塔は一階ごとに階段の位置が変えられていた。一階分上ったら通路を通って反対側にある階段まで行かなければならない。一気に上り下りできないため、侵入や脱走がしにくい造りになっているのだ。監獄としてはその方がいいのだろうが、面会に来た人間にとってはなかなか過酷な運動だ。

「疲れるなあ……」

ぼやきながら四階の通路を通り過ぎようとした時だった。

「おや。また聖女様だ」

不意に明るい声が響いた。

アルムは驚いて「ぴゃっ」と飛び上がった。

「だ、誰《だれ》ですか⁉」

「ふふふ。ここだよ」

今し方通り過ぎた牢の中から声が聞こえた。よく目を凝らしてみれば、房の隅の暗がりに人の輪郭が見える。黒髪に黒い服の男がゆらりと立ち上がり、鉄格子に近づいてきた。

「ついさっき、別の聖女様が通ったばかりだ。ここに聖女様が来るだけでも珍しいのに、時間をあけずに二人目だなんて。なにがあったのか気になっちゃうなあ」

男は目を細めて笑みを浮かべてそう言った。

今まで通り過ぎてきた牢はすべて空っぽだったので、ここにはヨハネスしかいないのかとアルムは思っていた。二段の寝台が一つの房に二つ置かれていた三階までの牢とは違い、四階からは独房らしく寝台の他に小さな机も置いてある。してみると、この男はそれなりに身分が高いのだろう。佇《たたず》まいにも気品がある。

「さっきの聖女様は私に気づかずに通り過ぎちゃってね。だから、今度は声をかけてみたんだ」

男は愉快《ゆかい》そうに言う。黒髪に黒い服の男が暗がりでじっとしていれば、気づかずに通り過ぎてしまうのも無理はない。

（キサラ様が来ているのかな？）

ヨハネスの面会に来ているのなら、おそらく筆頭聖女のキサラであろう。

ヨハネスと一対一で会わなくてよくなったと思い、アルムはほっとした。

（それにしても、この塔は国事犯を収容する場所と聞いたけれど）

国家の政治秩序を乱す罪——王族の暗殺や内乱の首謀者が囚われる場所に入れられているとは思えないほど男の態度は気安く、にこにこ笑顔を崩さない。

「あなたはなんの罪で捕まったんですか?」

「ふふふ。おじさんは悪い大人なんだよ」

思いきって尋ねてみたが、胡散臭《うさんくさ》い言い方で茶化されてしまった。

(なんかこの人、物腰は柔らかいのに胡散臭いな)

アルムは少しむっとして頰《ほお》をふくらませた。

「じゃあ、私はこれで」

先に進もうと、足を踏み出しかけた時だった。ぐらり、と揺れる感覚と同時に湧《わ》き上がる嫌《いや》な気配に、アルムは総毛立った。

「おやあ。地震かな?」

牢の中の男がのほほんと言う。

しかし、地震にしては揺れたのは一度だけというのは妙だ。

アルムは天井《てんじょう》と床を交互に見やった。上からと下から、嫌な気配が近づいてくる。

そこへ、階段を駆け上がってきた牢番がひぃはぁ息を切らしながら倒れるように座り込んだ。

「お、お助けくだせぇ、聖女様。いきなり床から瘴気が出てきて……入り口を塞《ふさ》がれちまっただ……ぶったまげたぁ〜」

命からがら逃げてきたという牢番によると、瘴気は下から湧いてきてじわじわと上がってきているらしい。

（でも、上からも嫌な感じがする。てことは、上の階も……）

「わお。もしかして、塔全体が瘴気にのまれちゃうのかな？　そしたら、私達も無事じゃあ済まないねえ」

思案するアルムを余所《よそ》に、牢の男は何故《なぜ》か愉快でたまらないと言いたげにそんな予想を口にする。

それを聞いた牢番が「ひぃぃぃ」と叫《さけ》んだ。

（本当に、誰かがヨハネス殿下の命を狙っているのかな……）

アルムはとりあえず上に行ってみることにした。

念のため、牢の男と牢番の周りに結界を張ってから階段を駆け上がった。

＊＊＊

最初のうち、ヨハネスとキサラは侵入してきた瘴気を浄化していた。ヨハネスはいつも身につけている水晶に力を込め、瘴気にぶつける。キサラは手をかざしただけで次々に浄化していく。

だが、いくら浄化しても次から次へと湧いてくる瘴気に、キサラは浄化の光を放つのをやめて自分達の周囲に結界を張った。

「殿下！　このまま浄化していては、魔力を使い果たしてしまいます！」

キサラの言葉に、ヨハネスも頷《うなず》いて額の汗をぬぐった。聖女のように豊富な魔力を持たないヨハネスでは、キサラより先に魔力が尽きる。浄化を連発しただけでも息が上がっている有様だ。それでも、キサラの十分の一程度しか浄化できていない。

わかってはいたが情《なさ》けないことだと、ヨハネスは唇を噛《か》み締《し》めた。

結界の外ではどんどん瘴気が増え、ただでさえ薄暗かった塔の中で明かり取りの小窓から射《さ》し込《こ》むわずかな太陽の光さえも徐々にさえぎられていく。

ヨハネスはごくりと息をのんだ。キサラも永遠に結界を張り続けることはできない。塔の外がどうなっているのか、塔の異変に外の人間が気づいているのか、なにもわからないのだ。助けが来るかもわからない以上、キサラとエルリーは結界を張れる今のうちに急いで塔から脱出するべきだ。

「……早く塔を下りろ」

「殿下！　しかし……」

聖女でなければ結界を張ることはできない。キサラがここを離れたら、この瘴気の充満する中にヨハネスを置き去りにすることになる。

「魔力が尽きるまでここにいるつもりか？　いいからエルリーを連れてとっとと……」

ここを出ろ、と命じようとしたヨハネスの言葉をさえぎって、キサラにくっついていたエルリーがなにを思ったのか床を蹴《け》って結界の外に飛び出した。

「「エルリーっ⁉」」

瘴気の中に飛び出したエルリーはぎゅっと目をつぶって腕を広げた。すると、辺りを漂っている瘴気がエルリーの胸元《むなもと》に吸い込まれていく。

強い闇の魔力を持つエルリーは瘴気に触れても平気だ。そして、瘴気をその身に吸収して魔力に変えることもできる。

そのことはヨハネスとキサラも知っていた。だが、エルリーにも吸収できる限界があるはずだ。これだけの大量の瘴気をいっぺんに吸収して平気でいられるだろうか。

それに第一、瘴気は今も際限なく増え続けており途切れる気配がない。

「駄目よ、エルリー……」

キサラが止めようと手を伸ばした。

次の瞬間、

「わー、やっぱり上も瘴気だらけ。よいしょっと」

緊迫感のない声がしたかと思うと、目の前を覆《おお》う瘴気が一瞬にして消え去った。

＊＊＊

「ふう……あれ？　エルリーも来ていたの」

「あーるぅ！」

ぱちりと目を瞬《しばたた》くアルムに向かって、エルリーが顔を輝かせて駆け寄ってきた。

「アルム！」

「どうしてここに？」

ヨハネスとキサラは突然現れたアルムに驚きつつも、ほっと胸を撫《な》で下ろした。アルムがいるだけで安心感が違う。

「アルム……俺《おれ》が捕まったと聞いて駆けつけてくれたんだな。心配をかけてすまない。俺は必ずや疑いを晴らしてお前の元に帰……」

「ワイオネル殿下に頼まれて、ヨハネス殿下を暗殺から守るために結界を張りに来たんですけど……どうやら本当に狙われているみたいですね」

早速妄言を漏らしたヨハネスを無視して、アルムはじっと天井を睨んだ。そこからまた瘴気が湧いて出てくる。

（どうやってこんな大量の瘴気を？　いったいどこから？）

不思議に思いながら、アルムはとりあえず結界を張ってからエルリーを抱き上げた。

アルムが抱き上げると、エルリーはこくりこくりと舟を漕《こ》ぎ始め、すぐに寝息を立て始めた。

「エルリー、寝ちゃった」

「たぶん、瘴気をたくさん取り込んだから疲れたのでしょう。アルム、下の階はどうなっているの？」

キサラに尋ねられ、アルムは一階から瘴気が上がってきていることを伝えた。塔の上と下から大量の瘴気が侵入していることを知って、キサラは青ざめた。

「入り口も塞がれてしまったのね……」

「後で私が浄化するので大丈夫ですよ」

アルムがあっけらかんと言ってのける。一階がどうなっているのか目にしてはいないが、ただの瘴気が充満しているだけならなにも問題はない。それよりも、問題なのは。

「ヨハネス殿下をどうしましょう？」

「どうしましょうね？　置き去りにするわけにもいかないし……面倒くさいわね」

「おい！　本音を漏らすな！」

沈痛な表情で溜め息を吐くキサラにヨハネスが文句《もんく》をつけるが、牢の中から怒鳴っても格好はつかない。

アルムは「うーむ」と唸って鉄格子とヨハネスをじーっと眺めた。

「な、なんだアルム？　囚われている俺をそんな熱心にみつめて……もしや普段と違う危険な状況下で俺の姿を見て、今まで知らなかった胸の高鳴りを感じているのでは……？」

「本当に置き去りにしようかしら……」

いつもと違う新鮮なシチュエーションの効果に勝手に期待する男のアホさに、キサラが嫌そうな顔で呟《つぶや》きを漏らす。

（困ったなあ……）

アルムは悩んでいた。結界だけ張ってヨハネスを置いていったとして、このままずっと瘴気が増え続けたら結界が保《も》つ保証はない。アルムがここにいて魔力を送り続ければ結界の強度は維持できるが、アルムが離れると時間経過と共に結界の効力は弱まる。それでも物理的な攻撃は通さないだろうが、結界が弱くなった部分から瘴気の侵入を許してしまうかもしれない。

この場に置いていって万が一ヨハネスになにかがあったら、本当にアルムに罪が着せられてしまうではないか。それだけは避《さ》けたい。

「よし。聞いてみよう」

アルムはそう決めると、自分の目の前の空間に透明な箱のようなものを出した。その箱の表面に、執務室らしき場所で難しい顔をしているワイオネルの姿が映った。

「ワイオネル殿下。聞こえますか？」

『え？　うおっ……!?』

ワイオネルは顔を上げるなり、驚いて椅子ごとのけぞった。

彼からすると、『自分以外誰もいない執務室で突然名前を呼ばれ、顔を上げると目の前に少女の胸から上が浮かんでいた』というちょっとした恐怖体験なので驚くのも無理はない。

『あ、アルムか。どうした？』

アルムがリモートで話しかけてきたことに気づいたワイオネルが眉《まゆ》をひそめた。

アルムは言うべきことを頭の中でまとめて口を開いた。

「えーと、このままだと塔の中が全部瘴気まみれになりそうなので、囚人をいったん牢から出して避難させてもいいですか？」

『ちょっと待ってくれ。そちらの状況がわからない。瘴気だと？』

簡潔すぎるアルムの説明に、ワイオネルが腰を浮かせて身を乗り出してきた。

「わたくしが説明いたしますわ」

キサラが説明を代わってくれたのでそちらは任せて、アルムはすうすうと寝息を立てるエルリーの寝顔を見下ろした。

この塔を襲う瘴気も闇の魔導師の仕業《しわざ》だろうか。

いくらアルムが闇の魔力のイメージを向上したいと願っても、こんな事件が起きていては印象が悪くなる一方だ。

（犯人を捕まえて、なんでこんなことをしたのか問いただしてやらなくちゃ！）

闇の魔力が悪事に使われる限り、イメージの向上は難しい。ダークヒーローが主役の舞台が人気になるためには、闇の魔導師の協力も必要ではないだろうかとアルムは考えた。

（そうだ。悪さをする闇の魔導師を捕まえて、罰として闇の魔力のイメージ向上に協力させよう！これだけ大量の瘴気を集めて操《あやつ》れる魔力の持ち主なら、きっとすごい術とかも使えるはず。ダークヒーローのモデルになってもらおう！）

エルリーが安心して暮らせる未来のために、使えるものはなんでも使ってやろう。アルムはそう決意した。

＊＊＊

『話はわかった。緊急事態ゆえ牢を開ける許可は出すが、どうやって牢を開けるつもりだ？』

キサラから説明を聞いたワイオネルは深刻な表情で言った。

「そうですね。私が光の刃《やいば》で鉄格子《てつごうし》を斬り落としてもいいんですが」

「え？　アルム、そんなこともできるのか？　かっこいい」

好きな子の新たな一面に、ヨハネスが胸をときめかせる。

「でも、牢番さんが牢の鍵を持っているかもしれないので、聞いてみてからにします」

『そうか。大神殿に連絡して、塔に神官を向かわせるように言っておく。ヨハネスを頼むぞ、ア――』

「じゃあ、私は四階から牢番さんを連れてきますね」

要らんものを託されそうになったのでそこでリモートを切り、アルムはエルリーをキサラに預けて階段を下りた。五階に下り、四階に下りる階段を目指して通路を通り過ぎようとして――

「ひゃああっ！」

「えっ？」

悲鳴と共に牢の中から人が転げ出てきたのを目にして、アルムは仰天《ぎょうてん》して足を止めた。

年の頃十七、八の下働きの格好をした女の子が、床に尻餅《しりもち》をついてずりずりと後ずさりをしている。

「あわわわわ……」

「大丈夫ですか？」

「ひゃわあっ！　ど、ど、どちら様ですかっ⁉」

アルムが声をかけると、女の子は大袈裟《おおげさ》に肩を揺らして怯《おび》えた。

大きな黒縁の丸眼鏡《めがね》をかけた、見るからにおとなしそうな女の子だ。頭に被《かぶ》った三角巾から、焦《こ》げ茶《ちゃ》色のおさげがはみ出ている。

（なんで、女の子が一人でこんなところに……？）

アルムは首をひねった。

「いつからいたんですか？　さっき通った時は急いでいたから気づかなかったけれど……」

アルムがそう言うと、女の子の肩から力が抜けた。

「さ、さっき通り過ぎた足音はあなたでしたか……ああ、よかった。お化けの足音かと思って怖かったですぅ〜」

女の子は半泣きの表情でアルムを見上げた。

「わ、私、ロージーといいます。牢番小屋で雇われている雑用係なんですけど、先輩の嫌がらせで使っていない牢の掃除を一人でやらされてて……」

彼女の話によると、鈍《どん》くさい自分はいつも仕事を押しつけられている。今週は塔の六階と四階以外の掃除を言いつけられたため、仕方がなく五階から掃除を始めたところだったという。

「怖いから早く終わらせたくて必死に床を磨いていたし、面会の人が来るのも知らなかったので」

どうやら彼女はキサラが来た後、アルムが来る前に塔に入ったようだ。暗い牢の中で這《は》いつくばっていたらしいので、アルムはまったく気づかなかった。よく見ると、牢の中にはタワシとひっくり返ったバケツが散らばっている。

「でも、急に天井から黒い靄《もや》が出てきてびっくりして……」

「そうなんですね。現在、この塔にはたくさんの瘴気が入ってきているんですよ」

「しょ、瘴気⁉　いやーっ！　死んじゃうっ！　助けてーっ！」

黒い靄が瘴気だと知った途端に取り乱すロージーに、アルムは目を丸くした。

「大丈夫ですから、落ち着いて」

「もう駄目だわ！　私はここで死ぬのよーっ！　死んで塔の中をさまよう怨念の一部になるんだわーっ！　死ぬ前にせめて恋人を作りたかったーっ！　わーんっ！」

「大丈夫だって。ほら！」

身も世もなく嘆き出したロージーを落ち着かせるために、アルムは天井からじわじわ染み出してくる瘴気を綺麗《きれい》さっぱり浄化してみせた。

「私は元聖女で、上の階にも現役《げんえき》の聖女がいるので、瘴気なんか怖がらなくても平気ですよ」

アルムは驚いて泣きやんだロージーに笑いかけた。

ロージーはようやくアルムの格好に気づいたらしく、目を点にして呟いた。

「せ、聖女様なの？」

「元・聖女です。元、です」

大事なことなので、アルムは強く主張した。

＊＊＊

人目を避けるように早足で細い路地《ろじ》を通り抜け、貴族街のはずれにひっそりと建つテネメントハウスの一室の呼び鈴を鳴らす。

「――清らかなるもの四つ」

扉がほんのわずかに開けられ、隙間《すきま》から低い囁《ささや》きで問われる。

「鷲《わし》、錨《いかり》、百合《ゆり》、片羽」

素早く答えると、一度閉じた扉が今度は大きく開けられて中に招き入れられた。玄関ホールを横切り談話室へ向かうと、窓辺にもたれてお茶のカップを持ち上げていたデローワン侯爵がウィレムを見て鷹揚《おうよう》に微笑《ほほえ》んだ。

「来たか、ダンリーク男爵」

ソファに腰掛けた他の二人もウィレムを歓迎した。

「遅くなりまして申し訳ない。デローワン侯爵、キャゼルヌ伯爵、オルランド伯爵」

錚々《そうそう》たる高位貴族家の当主達の中に若輩者のウィレムが迎え入れられるのは、はたから見れば奇異に映るだろう。だが、この場に集まる者達は身分は違えど志《こころざし》を同じくする戦友なのだ。

「では、全員集まったことだし始めようか」

デローワン侯爵が宣言する。

「聖女父兄会議を！」

そう、ウィレム以外の三人は現役聖女の父であり、ウィレムは元聖女の兄である。

この家は歴代の聖女の父兄が清らかな娘や妹が陰謀に巻き込まれたり不埒《ふらち》な輩《やから》の好色の餌食《えじき》とならないように護《まも》るための拠点として使われている秘密の場所だ。時々こうして会合を開き、情報と意見を交換している。要するに、「娘or妹に近づく男許すまじ！　皆で協力してヤっちまおうぜ！」という集まりだ。

ちなみに、さっき家に入るために答えた合言葉は、各家の家紋に描かれているシンボルだ。デローワン家が鷲、キャゼルヌ家が錨、オルランド家が百合、ダンリーク家が片羽。

「さて、早速だが緊急に話し合わなければならないことが起きた」

「ヨハネス殿下の件ですね」

デローワン侯爵が切り出し、二人の伯爵も神妙な顔で頷いた。

ヨハネスの主な仕事は聖女の補佐と職務の管理である。最も聖女に近い位置にいる異性であることから、父兄会では最初から最重要警戒対象だった。

しかし、彼は男爵家の娘にばかりかまっており、侯爵家と伯爵家の娘達には見向きもしなかった。

それはそれでイラッとしたが、当時はウィレムが父兄会に属していなかったため見逃されてきた。

「困りますなあ。ヨハネス殿下が抜けては、その分の負担が我が娘達に」

「まったくです。優秀なのが取り柄なのだから、聖女のために馬車馬のように働けばよいものを」

誰一人捕まったヨハネスの心配はしていない。さすがは名だたる高位貴族の当主。当たり前に持ち合わせている非情さに、ウィレムはごくりと息をのんだ。

「しかし、おのおの方、これは由々《ゆゆ》しき事態」

デローワン侯爵が軽く首を横に振った。

「ヨハネス殿下が囚われの身になったことで、娘達に危険が迫っている」

「なんですと？」

「どういうことですかな？」

キャゼルヌ伯爵とオルランド伯爵に詰め寄られ、デローワン侯爵は重々しく言葉を発した。

「私が危惧《きぐ》しているのは、『囚われ』という新たな武器を手にしたヨハネス殿下が、娘達の心を奪うかもしれないということだ」

「と、囚われ……？」

デローワン侯爵の指摘する危険性が理解できないウィレムはきょとんとした。塔に囚われているヨハネスになにができるというのか、疑問に思うウィレムの前でデローワン侯爵は拳《こぶし》を握って言い放つ。

「囚われの身、囚われの美女、囚われの貴人……自由を奪われ拘束され絶望に染まった目、恐怖に潤んだ瞳、あるいは不屈の意志で抗《あらが》うまなざし、やつれた顔、苦悩の表情。それらの要素が『囚われ』というシチュエーションをドラマチックで魅惑的なものにしているのだ！　普段はなんとも思っていない相手でも、囚われた姿に同情したり『私が助けてあげたい！』と思わされてしまう……庇護《ひご》欲を刺激する危険な存在！　それが『囚われ』だ！」

『囚われ』の危険性を力説され、ウィレムは大きく目を見開いた。

「ま、まさか！　囚われた相手に同情はするかもしれないが、魅力を感じるなんてことあるわけが……」

とっさに否定するものの、ウィレムの主張はすぐに侯爵の声でかき消される。

「では何故、古来、物語の勇者は囚われの姫を助けに行くのだ？　敵に囚われた偉人がそこから抜け出す物語に人々が熱中するのは何故だ？　囚われの状態は人の心を打つのだ！　特に普段は傲慢《ごうまん》な相手が拘束されて無力になっていたら、そのギャップに純粋無垢《むく》な乙女《おとめ》の無防備な心はやられてしまう！　囚われの王子ほど危険なものはない！」

「そんなっ……」

若き頃より忠実に国を支え続けた由緒ある侯爵家の当主の言葉には無視できない説得力があった。

ウィレムは崩れ落ちそうになるのを堪《こら》えながら片手で頭を押さえて呻《うめ》いた。

囚われの王子がそんなにも危険な存在だとは知らず、アルムを送り出してしまった。

鉄格子があるから大丈夫だと油断していた。王家の罠《わな》にまんまとはめられたのだ。ウィレムは己《おのれ》の甘さに歯噛みした。

「……おのれ、シャステル王家め……姑息《こそく》な真似を」

「なるほど。囚われの王子……しかも無実となりますと、乙女の心を騒がせるやもしれませぬな」

「古い塔というのも非日常感が増してよくありませんな。あのような塔はいっそ壊してしまえばよろしいのに」

二人の伯爵もそう言って嘆息《たんそく》する。

「囚われの王子に会うために古い塔の階段を上る聖女……実に美しい物語のようだな。我が娘キサラも面会に向かったようだが、『囚われ』に惑わされずに毅然《きぜん》とした態度でいてもらいたいものだ」

デローワン侯爵が窓の外を眺めて「万が一のことがあれば奴《やつ》を……」と呟く。

なんらかの覚悟を固めている侯爵が静かに立っているのに対し、ウィレムは足の震えを抑えるので精一杯だった。

（ああ、アルム！　どうか無事でいてくれっ……『囚われ』に惑わされてはいけない！　第七王子なぞ自由の身だろうが囚われの身だろうが害悪でしかないことに気づくんだ！）

ウィレムは心の中で大事な妹の無事を祈り続けた。

第三章
未知なるKAMABOKO

「えー？　そんなことあるわけないじゃない」

「本当だっぺよ！　オラの友達の知り合いの叔父《おじ》さんの従兄弟《いとこ》が上手《うま》くいったって言ってただ！　嘘《うそ》だと思うなら試してみればいいだよ！」

「うっそー、信じらんなーい。夢でも見たんじゃないのー？」

四階に下りると明るい話し声がして、何故《なぜ》か牢番《ろうばん》と囚人《しゅうじん》が鉄格子《てつごうし》越しに楽しげに笑い合っていた。

雰囲気がなんとなく女子会っぽい。

「おや、聖女様。今、牢番の彼から異世界の未知の魔物を呼び出すおまじないを教わっていたところだよ。聖女様も聞きたいかい？」

なんとも怪《あや》しい誘い文句《もんく》に、アルムはふるふると首を横に振った。

「あれ？　お掃除の子じゃないか。そうか、上の階にいたんだっけ」

たった今思い出したとでもいうように、囚人がぽんっと手を打った。いかにも怪しい態度だ。

「掃除に来ている姿を見かけたことは何回かあるけれど、話すのは初めてだね。お嬢さん、お名前は？」

「はわわっ。ロージーといいます！」

ロージーがアルムの背中に隠れながら名乗る。年上だけどなんとなく小動物っぽいなとアルムは思った。

ロージーを背中にひっつけたまま、アルムは牢番に牢の鍵《かぎ》を持っているか尋ねた。

「へぇ。鍵ならここに」

「よかった。避難のために囚人を一時的に牢から出す許可をもらったので、鍵を開けてもらえますか」

アルムがそう言うと、牢番は「えらいこっちゃ」と言いながらあたふたと牢の鍵を開けた。

「ふふふ。まさか聖女様に牢から出してもらえるとはね」

囚人の男は相変わらず胡散臭《うさんくさ》い笑みを浮かべて牢から出てきた。

出してやったのは瘴気《しょうき》から避難するためであって、別に自分のおかげじゃないと思いながら、アルムは新たに自分達の周りに結界を張り直して三人を連れて六階へ戻った。

「アルム！　なんか増えたな……ん？」

戻ってきたアルムを見て喜色を浮かべたヨハネスは、アルムの後ろに続く男を見て息をのんだ。

「お前は……ガブリエル侯爵⁉」

「やあ、ヨハネス殿下じゃないですか。おひさしゅうございます。いかにも、セオドア・ガブリエルにございます」

ヨハネスだけではなくキサラも驚いている。高位貴族同士、見知った相手だったようだ。

「六階に入った囚人はヨハネス殿下だったんですね～」

高貴な身分の者を護送する際は人目に触れないように顔を布で隠すのが決まりだ。ヨハネスもここに入れられた時は六階に着いてから顔の覆《おお》いを外されたので、四階に侯爵がいることを知らなかった。

アルムは驚いて囚人の男を見上げた。

「侯爵なんですか」

「元、だよ。我が家は没落したからね」

元、を強調して男——セオドア・ガブリエルが言った。

「私以外の一族の者は辺境に追放されたのに、何故か私だけ『まだなにか企《たくら》んでいそう』だと言われて取り残されているんだよ。ふふふ、ひどいよね」

「逮捕される前から『笑顔の裏で絶対に悪いことを考えている』とか『腹に一物があるようにしか見えない』と噂《うわさ》されていたからな。『悪いことしていそうな貴族ランキング』ではクレンドールを押さえて毎回一位だった」

ヨハネスの言葉を聞いたキサラが頷《うなず》いている。セオドアの笑顔を胡散臭いと感じるのは自分だけではないようだとアルムはほっとした。

「それでは、このまま脱出するということでいいのかな？」

ヨハネスを牢から出し、全員をアルムの結界の中に入れたところでセオドアが首を傾《かし》げてそう尋ねた。

「ちょっと待ってください。その前に」

アルムはセオドアと牢番、ロージーの三人を一列に並べて前に立たせ、彼らをびしっと指さした。

「犯人はお前達の中にいる！」

「えー？」

「うへぇ」

「はわわ」

なにかの小説の主人公が推理を披露するシーンを思い出してやってみたのだが、指をさされたセオドアはおもしろそうに笑みを深め、牢番は叱られたように首をすくめ、ロージーはきょろきょろと落ち着きなく視線をさまよわせた。

「アルム、突然どうしたの？」

「キサラ様。こんなに大量の瘴気が塔の中に入ってくるということは、瘴気をおびき寄せている闇《やみ》の魔導師がどこかにいるはず……怪しいのは間違いなくこの三人です！」

ワイオネルの様子から、塔以外の場所では異変は起こっていないようだったこと、そしてこの尋常ではない瘴気の量からして、この塔の中のどこかに闇の魔導師がいるはず。アルムはそう考えた。

「この三人の中では、元侯爵が断然怪しく見えますが……」

「ふふふ。心外だなあ」

心外と言いつつ、セオドアはひどく楽しげに微笑《ほほえ》む。

「もし私にこんなにすごい闇の魔力があったら、すぐに脱獄しているよ。というかそもそも捕まらないよ」

「それもそうか……じゃあ」

アルムはちらりと牢番に目をやった。

牢番はぶんぶん首を振って否定した。

「とんでもねぇ！　オラそったら恐ろしいことできねぇだよ！」

「と、見せかけて実は、的な……正体を隠して牢番のふりをしているのかも」

「とぉんでもねぇっ！　オラなんかが闇の魔導師と間違われるなんて……母ちゃん、都会は恐ろしいところだべ～」

手を合わせて祈り出してしまった牢番から目をそらすと、ロージーと目が合った。

「一人で掃除をしていたっていうのも、怪しいといえば怪しい……」

「はわわ！　わ、私が闇の魔導師ということにされて、ここで口封じされちゃう⁉　いやーっ！お父さんお母さん！　先立つ不孝をお許しくださいーっ！」

ロージーは頭を抱えてうずくまってしまった。

「アルム、犯人捜しは外に出てからにしよう」

ヨハネスが結界の外の様子をうかがいながら言った。

「これだけの瘴気……並の闇の魔導師にできることじゃない。この中に犯人がいたとしても、他にも仲間がいる可能性が高い」

ヨハネスの意見に、アルムも頷いた。その時、キサラに抱っこされていたエルリーがぱちっと目を開けた。

「あら、エルリーが起きたみたい」

急に目を覚ましたエルリーは、なにかを気にするように視線を動かした。キサラが床に下ろしてやると、たたたっとアルムに駆け寄って抱きつく。

「エルリー？」

「……あーるぅ、なにか来る」

エルリーが不安げに呟《つぶや》いた次の瞬間、結界の外の床からずずず……と黒い影が盛り上がってきたかと思うと、それはたちまち人の形となり長い髪を振り乱した女の姿となった。

その女の後ろに、同じように影が盛り上がり、長い髪の女が二体、三体……と増えていく。

ロージーが悲鳴をあげた。

＊＊＊

「犯人はお前達の中にいる！」

アルムの放った芝居の台本のような台詞《せりふ》を聞いた時、ヨハネスの脳裏にある考えが閃《ひらめ》いた。

塔の中という滅多にないシチュエーション、迫り来る瘴気、怪しい元侯爵……姿の見えない敵に立ち向かうアルムの心は不安でいっぱいのはずだ。

物語によくあるではないか。不安と恐怖の伴う苦難を共に乗り越えたヒーローとヒロインの間に愛が芽生《めば》えるという展開が。

（協力して塔から脱出すれば、少なくとも親密度は上がるはず！）

自分を除《のぞ》くメンバーは筆頭聖女と幼女、情《なさ》けない牢番と挙動不審な雑用係、胡散臭い元侯爵だ。筆頭聖女が邪魔《じゃま》ではあるが、ヨハネスの恋敵になり得る相手はいない。

（脱出するまでにできる限りアピールを……できればアルムがピンチの時に颯爽《さっそう》と助けに入りたいが、アルムがピンチになるのが想像できない上に、俺《おれ》の魔力の残量で助けられるはずもない……）

ヨハネスの魔力量は平均より大分多いものの、アルムと比べれば獅子《しし》と子猫みたいなものだ。もちろん、ヨハネスが子猫だ。

しかも、先程の浄化で魔力を消費したため、疲労困憊《こんぱい》の子猫だ。獅子のピンチにできることなどなにもない。

（だが、いきなり塔の中に閉じ込められては、いくらアルムでも心細いだろう。その心に寄り添って、励ましたり元気づけたりして、アルムから頼られる男になるんだ！）

ヨハネスの心が熱く燃えた。情熱の炎を燃やした恋する男は、どこかにいるはずの敵に向かって願った。

（どこの誰《だれ》だか知らないが、アルムを少しは怖がらせられるように死力を尽くしてくれ！）

身勝手な願いを抱きながら、ヨハネスは三人の中から犯人捜しをするアルムを止めて脱出を促《うなが》した。

三人の中に犯人がいたとしても、しっかり見張っておけばそうそう妙な真似《まね》はできないだろう。今はとにかく脱出を目指して力を合わせて進むべきだ。その道のりで、アルムと距離を縮められれば、とヨハネスは考えた。

しかし、この作戦には重大な欠陥がある。筆頭聖女キサラの存在だ。

彼女は普段からヨハネスがアルムに近づくのを邪魔している。『ストーカー更生プログラム』とかいう訳のわからない授業まで強制的に受けさせられ、ヨハネスがアルムに会いに行くための時間と気力を奪う悪魔のような女だ。塔の中でも絶対に邪魔してくるに違いない。

（だが、俺は負けないぞキサラ・デローワン！　塔の中で俺とアルムが心を通わせていく光景を指をくわえて見ているがいい！）

「……何故かむしょうに光の矢を放ちたい気分なのですけれど、この状況で魔力の無駄遣いはできないので堪《こら》えますわ」

ジト目でヨハネスを睨《にら》むキサラの腕の中で、エルリーがぱちりと目を開けた。

目を覚ましたエルリーがアルムにしがみついたとほぼ同時に、床から髪の長い女が生えてきた。

＊＊＊

十体以上の女の姿をしたものが結界を取り囲み、「中に入れろ」とでも言うように不明瞭な呻《うめ》き声を漏《も》らす。

「わあ〜。ねえねえ、これも私の仕業《しわざ》と思ってる？」

怯《おび》えて叫《さけ》んで腰を抜かすロージーと牢番とは対照的に、セオドアは愉快《ゆかい》そうにアルムに尋ねてきた。

それには返事をせずに、アルムは結界の外の女達をじっとみつめた。

女の姿をしているけれど、これは瘴気で作られた使い魔だ。使い魔はたいていの場合、鳥や小動物の姿をしているため、人型の使い魔は初めて見る。

人型の使い魔を複数体作ることができるなど、敵が練達の闇の魔導師である証拠だ。

アルムはぐっと唇を噛《か》んだ。

「もったいない……っ！」

「へ？」

首を傾げるセオドアに、アルムは力説した。

「これだけ魔力があるなら、もっとかっこいい使い魔を作ってくれればいいのに！　甲冑《かっちゅう》を身にまとい黒馬を駆る『闇から生まれた暗黒騎士』とか、伝説の獣フェンリルのごとき『巨大な闇色のオオカミ』みたいな！」

勇者や聖女の前に立ちふさがる敵がしょぼくては誰も物語を楽しんでくれない。敵が強大でかっこいいからこそ、それに立ち向かい打ち倒す主人公がきらめくのだ。

そして、敵であってもかっこよければ人気は出る。

闇の魔力のイメージが『恐ろしいけどかっこいい』となれば、闇の魔力を持つヒーローが現れても民衆に受け入れてもらいやすいかもしれない。

「もっと格好良くて、登場しただけで盛り上がるようなキャラにしてください！」

使い魔のビジュアルに駄目出《だめだ》しするアルム。

「そうだそうだ！　こんな女どもに取り囲まれたぐらいでアルムが怖がると思っているのか⁉

もっと気合い入れて恐ろしい化け物を作れよ！」


ヨハネスもアルムに加勢して使い魔をこき下ろす。

ただの瘴気の塊であり、意思はないはずの使い魔達が、若干《じゃっかん》戸惑ったような気配を見せてずぶずぶと床に沈んでいった。

しばしの沈黙の後、再び床から黒い影がずずず……と盛り上がる。

今度は黒い馬に乗った鎧兜《よろいかぶと》姿の騎士が一人だけ現れた。


「うん。こっちの方がずっといいです。でも、塔の中に馬に乗った騎士が出てくるのはちょっと違和感があるかな？　こんな狭い場所に馬に乗って現れたら『怖い』より先に『邪魔！』って思っちゃうかも」

「言われた通りの格好で出てくるんじゃねえよ！　こっちを驚かせようっていう気概はねえのか？　手を抜くんじゃねえよ！」


アルムの指摘とヨハネスの罵倒を受けた騎士は再びずぶずぶと床に沈んでいった。

ややあって、今度は床から骸骨《がいこつ》の大群が現れた。ロージーがひきつった悲鳴をあげる。

「骸骨っていうのもありきたりですね……観客の想像を超える展開が来てくれないと盛り上がらないっていうか」

「闇の魔力を持っているだけで皆が怖がってくれるとか過信してるんじゃねえぞ！　怖がってもらいたかったら日々精進を怠《おこた》らず、聖女が悲鳴をあげるくらいの恐怖を生み出してみせろよ！」

骸骨が床に沈み、少しの間を置いて黒い球体に数本の腕が生えたものが現れた。球体には無数の目があり、ぎょろりとこちらを睨んでくる。

ロージーが泡を吹いて失神した。

「うーん……『こうすれば怖くなるだろう』っていう作り手の慢心が透けて見える気がします。意外性を狙《ねら》ったようでいて、無難な線を選んでいますよね」

「この程度かよ、がっかりだぜ！　こんなんなら塔を出てお化け屋敷で作り物を見る方がマシだな！」

「二人とも、いい加減にしなさい」

駄目出しを続けるアルムとヨハネスに、倒れたロージーを介抱しながらキサラが冷たい目を向けた。

「遊んでいる場合ではないでしょう。アルムはともかく、わたくしと殿下は魔力が残り少ないのですから、一刻も早く塔から脱出するべきです」

キサラに至極まっとうな意見を述べられ、アルムは我に返って恥じ入った。

「すいません。つい、闇の魔力のプロデュースに熱中してしまいました」

反省したアルムは目玉だらけの球体に光を当てて綺麗《きれい》さっぱり浄化した。


「では、下に行きましょうか」

「待て。お前が先に行くんじゃない」

階段に向かおうとするセオドアをヨハネスが制止する。

塔の階段は幅が狭く一人ずつしか通れない。こんな怪しい男を先頭にするわけにはいかない。

「俺が先頭で、怪しい元侯爵、元侯爵を見張る役のキサラ、牢番と雑用係、アルムの順で進むぞ。エルリーはアルムにくっついていろ」

「私が最後ですか?」

「アルムは結界を張りつつ、なにかがあったらすぐに浄化してくれ。俺も先頭で警戒する。本当はアルムのそばにいたいが……キサラはガブリエルが怪しい動きをしたらすぐに対処しろ」

「ふふふ。私だけ聖女様の監視付きとは光栄ですね」

得体の知れない笑みを浮かべるセオドアが一番怪しいのは間違いないので、並び順には誰も異を唱えなかった。

「あ、あんのぅ……こっちの娘っこは気ぃ失ってるけども」

牢番がおずおずと口を挟んできた。

アルムは床に横たわるロージーの体をひょいと浮かせた。

「起こすより、こうした方が早いです」

横向きだと階段で進みづらいので、浮かせたロージーの体を縦にする。四肢《しし》がだらんとぶら下がり、首がガクッとなるのを見て牢番が「ひっ」と声を漏らした。

「じゃあ、行きましょうか」

一行は五階への階段を下り始めた。

「あんのぉ……申し訳ねぇけども、オラを先頭にしてもらえねぇだか？　背後が気になって気になって……」

中程まで進んだところで牢番がそう言った。彼のすぐ後ろに宙に浮いて四肢をぶらぶら揺らした女がついてくるのだ。そう言いたくなるのも無理はない。

「背後？　なにかありますか？」

アルムは不思議に思って後ろを振り返るが、気になるものはなにもない。

「オラにとっては背後だけども、聖女様にとっては前というか……」

「？」

アルムは自分が浮かせている人間を怖いと思っていないし、そもそも人が宙に浮いている時点で大分怖いという一般常識を持ち合わせていないため、牢番の訴える恐怖がわからなかった。

「悪いが、この状況で光の魔力を持たない者を先頭にするわけにはいかない。なにがあるかわからないからな」

本来であれば、自分よりもキサラを先頭にするべきだとヨハネスは思っている。ヨハネスでは聖女のように手をかざすだけで魔力を放ったりできないからだ。

だが、この中に闇の魔導師がいる可能性を考えると、一番怪しい者をキサラに見張ってもらうしかない。

始まりの聖女の血を引く聖シャステル王国の王侯貴族であっても、闇の魔力を持って生まれることはあり得ると、過去の経験で思い知っている。セオドアが「実は闇の魔力を隠し持っていました～」と言い出す可能性はゼロではないのだ。

「しかし、こんなことになって恐ろしいという気持ちはわかる。階段を下りる足音が響いて不気味だしな。というわけで、気を紛《まぎ》らわせるために怖い話でもするか」

「どうしてですの？」

怖がっている相手の気を紛らわすために怖い話をしようと提案するヨハネスの支離滅裂《しりめつれつ》さに、キサラが怪訝《けげん》な表情を浮かべた。

「昔から言うだろ？　『暑い時には熱いものを食え』って。それと同じだ。こういう時に共に恐怖を乗り越えてこそ、親睦《しんぼく》と結束が深まるのであって……」

「全然意味がわかりませんわ」

冷たい視線をヨハネスに送るキサラの前で、セオドアが「そういえば」と呟いた。

「この塔には『かつて非業の死を遂げた王子の霊が出る』とか『数々の残酷な死の罠《わな》が仕掛けられている』など、いろいろな噂がありますよね」

セオドアは楽しそうに噂を口に出した。

「オラ達牢番の間でも伝わっている話がありますだ。『どこかに秘密の通路があって地下の拷問部屋に繋《つな》がっている』とか『落とし穴があって落ちたら二度と出られない』とか」

牢番も話に乗っかってくる。

こうした場所には怖い噂が生まれてまことしやかに言い伝えられるものだ。『死の罠』や『秘密の通路』といった言葉にアルムは少し興味を抱いた。

(罠だらけの塔の中を闇の魔力を駆使して脱出するヒーローって人気が出そうじゃない？　誰かそんな物語を書いてくれないかな)

そんなことを考えているうちに五階に着いて、そのまま通路を通り過ぎようとした時だ。

空のはずの牢の中にぼんやりと人影が浮かび上がった。

すべての牢にぎっしりと、人の形をした影がひしめいて、鉄格子をガタガタ揺らしてけたたましい笑い声を響かせた。

『あはははははははっ‼』


どさっ、と音がした。

牢番が恐怖のあまり白目をむいて気絶したのだ。


「よいしょ」

アルムは牢番もロージーと同様に宙に浮かせた。

「さすがに、少しびっくりしましたね」

怖いというより不意打ちを食らって驚いただけだが、演出としては悪くないとアルムは思った。

床からずるずる出てくるだけよりは遥《はる》かに盛り上がる。

「アルム！　怖いなら牢の前を通り過ぎるまで手を繋いでやるぞ！」

「結構です。エルリーと繋ぐので」

アルムはエルリーと手を繋いですたすたと歩き出した。もちろん、宙に浮かせた二人も連れて。

「すごいね、こっちの聖女様は。結界を張っている上に、二人の人間を浮かせて移動できるだなんて」

セオドアが感心したように言って、アルムに微笑みかけた。

「疲れていないのかい？　まだまだ魔力は尽きない？」

尋ねられて、アルムは首を傾げた。

魔力をたくさん使えばもちろん疲れるが、今まで魔力が尽きるという感覚に陥《おちい》ったことはない。

いずれは引退した他の聖女と同じように魔力が減退していくと思うが、それはまだまだ先の話で今は想像もできない。

「そんなにすごい魔力があるなら、この塔の中の瘴気ぐらい綺麗に浄化できるんじゃないのかい？」

「それは……」

アルムはちらりとエルリーを見た。


アルムが瘴気を消し去ることは簡単だ。けれど、今はエルリーがそばにいる。

アルムが塔全体を浄化するほどの光を放てば、この場にいる人間は至近距離で直接浄化の光を浴びることになる。普通の人間ならなんの問題もないが、闇の魔力を持つエルリーはダメージを受けるかもしれない。大人なら気絶したりしばらく魔力が使えなくなったりするぐらいで済むかもしれないが、まだ幼《おさな》いエルリーには肉体や精神に強い影響が出る可能性もある。そんなことはしたくない。

ヨハネスとキサラがなにも言ってこないのも、エルリーを案じてのことだろう。

「このままでも、外に出るまで魔力が尽きることはないので大丈夫ですよ」

たとえ使い魔が束《たば》になって襲いかかってきたとしても、そのぐらいで魔力切れにはならない。だからそう伝えたのだが、セオドアはなにかを探るように細めた目でアルムをじっと見据えた。

「なるほど。このくらいでは君の魔力はびくともしないんだね」

いかにも悪いことを企んでいる雰囲気を醸し出すセオドアに、アルムは思わず光を浴びせそうになった。エルリーの前だということを思い出してぐっと堪える。

「う……うーん」

「……ふがっ？」

アルムがセオドアに気を取られている間に、気絶していた二人が目を覚ました。

目を開けて、ぼんやりした頭で視線を動かした彼らは、自分の体が宙に浮いていることに気づいて声をあげた。

「ぎゃああっ！　なんで浮いてるの私⁉　死んだの⁉　死んだのね⁉　怨霊となって塔に住みつく運命なのね⁉」

「母ちゃん……『地に足をつけた生活をしろ』って教え、オラ守れなかったみてぇだ……」

アルムは恐慌状態《きょうこうじょうたい》に陥った二人を慌てて床に下ろした。

＊＊＊

「よし、四階に下りるぞ」

階段までたどり着いて、ヨハネスが先頭になって下りようとした。

だが、その時、結界の外を覆った濃い瘴気が、突然に霧散した。


「あれ？　瘴気が消えた」


アルムは驚いて辺りを見回した。

あれほど大量にあった瘴気が一瞬で跡形もなくかき消えてしまった。ヨハネスとキサラも怪訝な表情で視線を動かしている。

「あれだけ消しても消しても湧《わ》いてきたのに、なんで急に……」

キサラが薄気味悪そうに呟いた。

「こちらを油断させるつもりかもな。アルム、結界を一度解いてみてくれ」

なにかの罠かと疑ったヨハネスの指示で、アルムは自分達の周りに張っていた結界を解除した。

こちらが結界を解いた瞬間に襲ってくるのが目的で瘴気を消したのなら、これで攻撃を仕掛けてくるはずだ。

その場でしばし動かずに周囲の様子をうかがうが、新たになにかが起きる気配はない。

「……どうなっているのでしょう？」

「他に考えられる可能性は、敵の魔力が尽きたとかか？」

敵の目的はわからないものの、一刻も早く塔から脱出するべきだということに変わりはない。

ヨハネスは改めて階段を下りようとした。

その足がぴたりと止まる。


「殿下、どうなさいました？」

「……さっき、さんざん駄目出ししたからか。斬新な真似を」

「は？」

階段の先をみつめて呟くヨハネスの肩越しに覗《のぞ》き込んだキサラもそのまま動きを止めた。

「……アルム」

「はい？」

ぎぎぎ、と硬い動きでこちらを向いたヨハネスに呼ばれ、アルムは少し身構えた。

「魚は、好きか？」

「は？」

唐突な質問にきょとん、とすると、こいこいと手招きされた。

近寄って開口部から階段下を覗き込んで、アルムは絶句した。

四階に水が満たされていた。

「い、いつの間に洪水が⁉」

つい先程まで、四階は水に浸《つ》かってなどいなかった。この短時間に水没してしまうだなんて、とうろたえるアルムの視界を、大きな影がゆったりと横切っていった。

大きな灰色の魚だった。アルムの身長より大きな魚影と、水面から突き出た特徴的な背びれが滑るように動く。

「わあ！　あんな大きな魚、初めて見ました！　美味《おい》しいのかな？」

「アルム、あれはサメだ」

食卓に載るサイズのお魚しか見たことのないアルムが歓声をあげると、ヨハネスが神妙な顔つきで教えてくれた。

「サメ……おお！『海賊船長ジョーナスの冒険』っていう小説の中に出てきました！　屈強な海の男が巨大なサメと巨大なタコと三つ巴《どもえ》の戦いを繰り広げて、最後は倒したサメとタコでKAMABOKOとTAKOYAKIという異国料理を作って人々を飢えから救うんです！」

挿絵のない小説だったのでサメもタコも異国料理も想像するしかなかったが、サメがめちゃくちゃ凶暴で人を襲って食う恐ろしい魚だということはわかった。

「ん？　てことは、このまま五階も沈んだら、私達はサメに食われるんですか？」

「冷静に恐ろしいことを聞かないでほしいんだが……よく見ろ。水没したんじゃなくて、別の空間に繋がっているようだ。塔の中はこんなに広くない」

ヨハネスに指摘され、もう一度よく見てみると、確かに水の中にあるべき壁も床もみつけられなかった。水底は暗くなっていてよく見えない。そして、サメは一匹ではなく、いくつもの魚影が水の中をうようよと泳ぎ回っていた。

「本当だ。四階がなくなったんじゃなくて、五階と四階の間に異空間が差し込まれたみたい……」

「これも闇の魔法なのか？　……くそっ、いったいどうなっているんだ？」

頭を抱えるヨハネスの横で、アルムは悠々と泳ぐサメの大群をじーっと眺めながら「KAMABOKOってどんな料理なんだろう？」と考えていた。

＊＊＊

KAMABOKOに想《おも》いを馳《は》せるアルムに対して、ヨハネスとキサラは事態の深刻さを思い知って青ざめていた。

最初は幻覚を見せられているのかと思った。

だが、水もサメもどう見ても本物にしか見えない。幻覚というものは必ずどこかに曖昧《あいまい》な揺らぎが出るものだ。

もしも、これが幻覚だとしても、それはそれで深刻だ。敵は本物にしか見えない幻覚を見せられるほどの凄腕《すごうで》の強い魔力の持ち主ということになるからだ。

「……とにかく、どうにかして塔から出る方法を探そう」

ヨハネスはいったん全員を通路に座らせて話し合うことにした。五階の下が海のようになっていると伝えると、ロージーがこの世の終わりのような形相で叫び出した。

「し、下の階に行けないだなんて！　もう駄目よ！　私達はここで死ぬのよ！　死んで魂は永遠に五階に縛りつけられるんだわ！　いやーっ！」

牢番も「ひぃぃぃ」と声を漏らしながらガタガタ震えている。

セオドアは相変わらず笑顔のままだ。

「少しは慌てたり怯えているように演技しないと駄目ですよ？　最初から怪しさ全開で、今のところ疑わない要素がなにもないじゃないですか」

「ふふふ。私には後ろ暗いところなんてないから、演技する必要などないということさ」

怪しさを少しも隠す気のないセオドアにアルムが忠告するが、彼はまったく態度を改める気がないらしい。犯人じゃないなら堂々としすぎだし、犯人なら取り繕わなさすぎだ。

ヨハネスはアルムの様子をうかがって眉間《みけん》にしわを寄せた。

（初めて見たサメもまったく怖がる様子がないな……アルムが一番怖いシチュエーションってどんなだ？　アルムが怯えたり不安になる状況……大神殿で俺に会うことか？）

他に思い浮かばなくて、ヨハネスは一人で勝手に落ち込んだ。アルムの不安につけ込んで頼りがいをアピールするのはどう考えても無理そうだ。

「それで、どうやって脱出します？」

腕を組んで悩むヨハネスに、セオドアがにこやかに問いかけてきた。

真剣な表情で悩んでいるので脱出方法を模索していると思ったのだろうが、実際に考えていたのは『好きな女の子をどうやったら怖がらせられるか』という外道《げどう》な作戦である。しかし、ヨハネスはそんなことはおくびにも出さずに「そうだな」と呟いた。

「明かり取りの窓は小さすぎて人は通れないし、やはり下の階をどうにか元に戻すしか……」

ヨハネスの言葉の途中で、ど、ど、ど、と低い音が聞こえてきて、一同は音のする方——上を見た。音は軽い振動も伴っていて、それが徐々に大きくなっていく。

「なんの音……」

言いかけた次の瞬間、六階の階段から大量の水が勢いよく流れ込んできて一同に襲いかかった。

＊＊＊

油断していた。

水にのまれた瞬間に脳裏をよぎったのはそんな言葉だった。

初めて見たサメに気を取られて、結界を張り直すのを忘れていた。結界を張っていれば、水の勢いに流されたとしても少しの間は結界内の空気で呼吸できたはずだ。

五階にいたアルム達は、押し流されて床の開口部に吸い込まれ、四階――四階だったはずの水中へ投げ出された。


ごぼっ、と口から空気が漏れる。水にのまれる寸前にとっさに摑《つか》んだエルリーの腕を握る手に、アルムはぎゅっと力を込めた。

(皆は?)

無事を確認したいが、初めての水中にぎゅっと目をつぶってしまったアルムにはなにも見えなかった。

水中で目を開けても大丈夫と聞いたことはあるが、怖くて目を開けられない。アルムは泳げないのだ。否、泳いだことがないのだ。

(ど、どうしよう?　水をなんとかしないと……)

とにかく呼吸ができる空間を確保しなければ、と焦《あせ》るアルムのすぐ横を、なにかがごぉんっと重い音と共に横切った。

そう、水中にはサメがいるのだ。

（と、塔の中でサメに食われたなんて悲惨な死に方をしたら、お兄様が悲しむ！）
神官と聖女と元聖女がサメに食われたと報告されたら、大神官も反応に困るに違いない。光を信仰するこの国で光の魔力に恵まれた神官と聖女がそんな凄惨な死を迎えては、民の信仰心が揺らぎかねない。

アルムはサメから逃れようともがいた。だが、水中では思うように動けず、再びサメがこちらへ向かってくる気配を感じたアルムの恐怖心が振り切れた。

（KAMABOKO食べてみたいなんて考えてごめんなさいーっ！　一生KAMABOKO食べないって誓うから食べないでーっ!!）

アルムはとにかくサメが遠ざかるように念じた。無我夢中《むがむちゅう》だった。
すると、アルムの周りの水がアルムの体を軸にしてぐるぐると回り始めた。そのうねりは一回転ごとに大きくなっていき、水流はやがて竜巻のようになる。
アルムに向かっていたサメが、大きな力に引っ張られて竜巻に巻き込まれる。他のサメ達も流れに引き寄せられて、ぐるぐる回り出した。

次の瞬間、大量の水で作られた竜巻は、天井《てんじょう》を突き破って塔のてっぺんから空へと噴き上がった。

もちろん、サメも一緒に。


その日、王都の人々は奇妙な光景を目にした。

北東の方角に突如《とつじょ》、巨大な水の竜巻が現れたのだ。

それだけでも不思議なのだが、その竜巻をよく見ると、水の中でなにか大きなものが蠢《うごめ》いている。


「あ、あれはサメだ！」

「竜巻の中にサメが⁉」


海から遠く離れた王都に現れた生きたサメに、民は騒然となった。

「天変地異《てんぺんちい》の前触れか⁉」と恐れる人々が見守る中、竜巻を形作っていた水がアーチを描くようにして南西の方角へ向かっていく。

王都から遠く離れた南西の地には海があるのだ。

サメもまた、南西の方角を向いて水の中を進む。

水でできた虹の中を、サメが一列になって泳いでいく。

あまりにも不思議な光景に、人々はただ唖然《あぜん》と空を見上げていた。

遠く離れた南西の地、海に面した土地に生きる人々は、空から降りてきた水の道を通ってサメが一匹ずつ海へ還《かえ》っていく奇跡を目撃した。

この出来事は、後に『シャークネード&シャークレインボーの奇跡』と名付けられ、聖シャステル王国の歴史に記されることとなったのだった。

第四章　エルリーのお宝発見？

「……る……」

「ん……」

「……るぅ……あ……る……」

「んぅ～？」

「あーるぅっ！」

「ぐふっ！」


突然お腹《なか》に加えられた衝撃に覚醒《かくせい》させられ、アルムは激しく咳《せ》き込みながら転がった。

「あーるぅ、おっきした？」

アルムのお腹にしがみついたエルリーが、小さな手を伸ばして頬《ほお》をぺちぺち叩《たた》いてくる。さっきの衝撃はエルリーがお腹にダイブしたせいらしい。

それはいいのだが、暗くてエルリーの姿がよく見えない。

塔には明かり取りの窓があるはずだし、そもそも気を失う寸前に天井《てんじょう》をぶち抜いて水とサメを外に出した記憶がある。

アルムはお腹を押さえながら上半身を起こして、火球をいくつか生み出して辺りに漂わせた。ついでに、自分とエルリーのずぶ濡《ぬ》れの服を乾かす。

そこは石の壁が延々と続く狭い通路で、自分が床に寝ていたことを知ってアルムは首を傾《かし》げた。

「ここは……」

「やあ、聖女様。目を覚ましたね」

のほほんとした声と足音がして、セオドアが通路の奥から壁伝いに歩いてきた。

真《ま》っ暗《くら》な通路の中を歩けたのか、と不思議に思っていると、「ふふふ。牢《ろう》暮らしで暗闇《くらやみ》には慣れているからね。少しぐらいなら動けるさ」と怪《あや》しく微笑《ほほえ》まれた。

「他の人達は？」

「どうやら、この近くにはいないみたいだね」

「ええっ！」

アルムは顔を青くした。

「そんなっ。ヨハネス殿下もいないんですか⁉」

「ああ。心配だよね。彼は聡明な王子だし、優秀な神官だ。失うことは王国にとって痛手——」

「ヨハネス殿下になにかあったら私が疑われちゃう！　無事なうちにみつけないと！」

ヨハネスの身を案じるというより、自身に疑いが向くことを恐れるアルムはセオドアに詰め寄った。

「ここはどこなんです？　なんで私達とあなただけがここに？」

「ここはおそらく旧城の地下だよ」

セオドアは水にのまれた後、サメに襟首《えりくび》をくわえられて下へ下へと連れて行かれたのだと語った。そのまま意識を失い、この場所で目を覚ましたと。

「じゃあ、どうしてここが旧城の地下だってわかるんですか？」

「旧城の跡地には広大な地下通路がある、って有名な噂《うわさ》なんだよ。城はなくなったけれど、残された塔の中にも地下へ通じる入り口があるんだって。もっとも、我々がどうやってその入り口を通って運ばれたのかはわからないけれど」

暗闇と場所のせいで、ふふふ、と笑う元侯爵が余計に怪しく見える。気を失っていたというのは本当だろうかとアルムは疑いを抱いた。

「あーるぅ、あっち。あっち行きたい」

アルムに抱っこされているエルリーが身をよじって通路の奥を指さした。

「あっち？　どうして」

「わかんない！」

理由は説明できないがどうしてもそちらが気になるようで、エルリーは手足をぱたぱた動かして

訴える。

「どの方向が出口なのかわからないし、とにかく進んでみようか聖女様」

セオドアもそう主張するので、アルムは彼の服も乾かしてやってからエルリーが指す方向へ進んでみることにした。


「あーるぅ、あっちー」

通路を進んでいくと道が二股に分かれていたが、エルリーは迷うことなく行きたい方向を示す。

エルリーにとっても初めての場所だというのに何故《なぜ》だろうと首を傾げつつ、アルムは進んだ先で無事にヨハネスと再会できることを祈った。

「キサラ様のことも心配だけれど、ヨハネス殿下には絶対に無事でいてもらわないと……」

「ヨハネス殿下が無事じゃなかったら、どうして君が疑われるんだい？」

隣を歩くセオドアが不思議そうに尋ねてくる。

「動機が！　あるんです！」

「聖女に神官でもある第七王子を害する動機が？」

力強い口調で動機があることを認めたアルムは、自分と共にいるのがセオドアであることに

「くっ」と唇を噛《か》んだ。

「アリバイを証明しようにも、証言するのが胡散臭《うさんくさ》い元侯爵では信ぴょう性に疑問が持たれてアリバイが成立しなくなります！」

「ふふふ。心外だね」

法廷で闘うことを半《なか》ば覚悟しながらも、アルムはどうも釈然としない想《おも》いを抱えていた。

（ヨハネス殿下一人を狙《ねら》っているにしては、大掛かりすぎる気が……）

ヨハネスの命を狙っているだけなら、アルム達をサメのいる水中に落としたり地下に移動させたりする必要はないだろう。

（そもそも、あれはどういう仕組みだったんだろう？）

あんなことができる闇《やみ》の魔導師がいるのなら、是非《ぜひ》ともお近づきになってダークヒーローにスカウトしたい。

サメを召喚して戦うシャークヒーロー。人気になればサメグッズが飛ぶように売れるだろう。タコを召喚できるヒーローオクトパスとコンビを組ませて「ふたりは海鮮《かいせん》」をキャッチコピーにするとか、アイディアが思い浮かぶ。KAMABOKOとTAKOYAKIも流行って経済効果が生まれるかもしれない。

利益《りえき》が期待できればスポンサーもつく。人気ヒーローになれば小説化・舞台化も夢じゃない。

「目指せ！　満員御礼！」

「ん？」

脳内で海鮮ヒーローのプロデュースを繰り広げるアルムは、ついさっきサメに怯《おび》えたことをすっかり忘れ去っていた。

＊＊＊

「あーるぅ、あっち……ここ！」

分かれ道にさしかかるたびに「あっち、あっち」と指示してきたエルリーが、通路の途中で「ここだ」と主張した。

「え？　ここって……」

アルムは戸惑って周囲を見回した。

石で造られた天井と壁があるばかりで、他になにもない通路の真ん中だ。

「エルリー、なにもないよ？」

「んーん。ここ！」

エルリーが横の壁を指さす。もちろん、なんの変哲もない石の壁だ。

この壁になにか気になる部分があるのかと、アルムは近寄って壁を凝視した。

特に変わったところがあるようには見えず、手を伸ばして壁を触ってみた。

「なにもな……」

壁を押して確かめていた手が、ある箇所に触れた途端にずっ、と沈み込んだ。

「えあ……うきゃあっ！」

壁の一部が回転扉になっていて、押した勢いのままアルムは壁の向こうに倒れ込んだ。

「いてて……」

「わあ、すごいね。こんな隠し扉があったなんて」

セオドアがエルリーを抱っこして扉をくぐってきた。

アルムは手のひらサイズの火球を出して辺りを照らした。


そこは広い隠し部屋だった。古い書物やがらくたのような物が積み上がっているのが確認できる。物置部屋だろうか。

「お嬢さんはどうしてこの場所を知っていたんだい？」

「んーん。知らないの」

エルリーがふるふる首を振る。

知るわけがない。エルリーはついこのあいだまで、生まれた地で監禁されていて外の世界を知らなかったのだから。

それなのに、エルリーがこの場所を探し当てたということは、この中になにか気になるものがある――エルリーの強い魔力に干渉するものがあるのかもしれない。

（ヨハネス殿下の安否も気になるけど、エルリーがなにに反応したのかも気になる）

アルムは積み上がったがらくたを見上げた。

一見すると特別に価値がありそうな――金銀財宝のような――物は見当たらない。わざわざこんな隠された場所に仕舞わなくともよさそうな物ばかりだ。

「せっかくみつけた隠し部屋だけど、ここには守護聖石はなさそうだね」

「守護聖石？」

アルムが問い返すと、セオドアはエルリーを床に下ろしながら説明した。

「特別な魔石――始まりの聖女が遺《のこ》したと言われる五つの魔石のことさ。王国のどこかに隠されていて、王族と大神官だけがその場所を知るという、王国の伝説だよ」

「へー」

そういえば、聖女になったばかりの頃にそんな話を聞いたような気もする。『始まりの聖女が遺した魔石』の他には、『世界を滅ぼす力を持つ宝』とか『世界の理《ことわり》を記した書物』なども、どこかにあるとか封印されているとかいう曖昧《あいまい》なお宝伝説があったはずだ。あんまり覚えていないけれど。

聖女一年目に学んだ教えや聞かされた伝説は、二年目に登場した某第七王子に酷使されるうちにあらかた記憶の隅に追いやられてしまったのだ。悪いのはアルムの記憶力ではなく、人を酷使しやがるどこぞの第七王子だ。

「ただのおとぎ話と信じていない者も多いけど、私は守護聖石は本当にあると信じているんだ。いくつになっても夢と希望を忘れてはいけないよね」

セオドアがきらきらした笑顔を向けてきたが、この男の口から「夢」とか「希望」という単語が出ると胡散臭さが倍増する気がする。


アルムはエルリーががらくたの周りをちょろちょろ動き回るのを眺めていたが、小さな隙間《すきま》に入り込んでいくのを見て止めようとした。

「エルリー、危ないから……」

あまり奥へ行くなと言おうとした時、がらくたの山の一部ががらがらと崩れた。

「エルリーっ⁉」

エルリーが下敷きになってしまったのではないかと仰天《ぎょうてん》したアルムは、崩れたがらくたを浮かせてエルリーを捜した。

幸い、すぐにエルリーはがらくたの隙間からひょっこりと顔を出した。なにかが当たったりはしなかったようだ。

「あーるぅ、これ見て！」

エルリーはにっこり笑って小さな手に握ったなにかをアルムに見せた。

それは先端が朝顔《あさがお》型をした――小さな喇叭《ラッパ》だった。赤い色で、がらくたに埋《うず》もれていたとは思えないほど表面がぴかぴか輝いている。

「エルリーの！」

「エルリーの？」

「うん！」

堂々と喇叭を自分のものだと主張するエルリーに、アルムは困惑した。

旧とはいえ、王城の地下にあるのだから、誰《だれ》のものかと問われたらそれは王族のものだろう。

しかし、喇叭をみつけたエルリーは他のがらくたへの興味をすっかり失っている。まるで、喇叭をみつけるためにここへ来たみたいに。

エルリーがぎゅっと大事そうに抱きしめる喇叭を、アルムは注意深くみつめた。この喇叭がエルリーを呼んだのなら、なんらかの呪具《じゅぐ》である可能性が高い。

だが、アルムの目で見る限り、喇叭からはなんの魔力も感じられなかった。試しに、エルリーに断って浄化をかけてみるが、変わったことはなにも起こらない。

アルムは迷った。エルリーは手放す気がなさそうだが、果たしてこのまま持たせていて大丈夫だろうか。

「一応は王家のものだろうし、勝手に持ち出すのは……」

「かまわないんじゃないかな？」

アルムが渋ると、セオドアが飄々《ひょうひょう》と言った。

「もはや王族すら知らないだろう隠し扉をみつけたご褒美《ほうび》と思えば」

「いや、そんなわけには……」

「じゃあ。後でヨハネス殿下に聞いてみたらいい。見たところ高価な宝石が使われているわけでなし、使い道のないがらくたを子供のおもちゃにするぐらい許されると思うけれどね」

セオドアはそう言うと、がらくたの山から書物を括《くく》っていた紐《ひも》を抜き取り、喇叭の持ち手に紐を通してエルリーが肩から提《さ》げられるようにしてくれた。

「あいがとー」

「どういたしまして。さて、通路に戻って殿下達を捜そうか」

戸惑うアルムを余所《よそ》に、セオドアはエルリーと手を繋《つな》いで隠し扉をくぐってしまった。

仕方がなくアルムも二人を追い、隠し部屋を後にしたのだった。

＊＊＊

水に突き破られて天井にあいた穴から、丸く切り取られた青い空が見える。

ずぶ濡れの状態でそれを見上げ、ヨハネスは眉間《みけん》にしわを刻んだ。

（どういうことだ……？）

おそらくは、アルムが水とサメを巻き上げて外に出したのだろう。それはいいのだが、水とサメだけではなく、アルムとエルリー、そしてセオドアも姿を消してしまった。

水がなくなった次の瞬間、ヨハネスは床に着地していた。そこは四階だった。サメの泳ぐ異空間に落とされたはずだが、どうやら正しい場所に戻れたようだ。そばにはキサラとロージー、牢番が倒れていた。

敵にとって闇の攻撃が通じないアルムは邪魔《じゃま》であろうから、分断されたのだとしたら理解できる。だが、アルムと手を繋いでいたエルリーはともかく、セオドアまで消えたのは何故だ。

（仮にあの男が黒幕だとしたら、アルムが危ない！　……危ない？　危ない、か？　アルムなら大丈夫か……いや、相手はクレンドールと渡り合った海千山千《うみせんやません》の政治家だぞ！　アルムは純朴で世間知らずだから騙《だま》されるかも！）

「殿下、とりあえず下へ向かいましょう」

気絶して転がっているロージーと牢番を起こしながらキサラが言う。

「おそらく、水で構成された空間をアルムが力尽くでぶち壊したことで、わたくし達は助かったのです。アルムがいないのに、また別の空間を作られたら……今度は抜け出せないでしょう」

彼女は少し青ざめた表情で小さく息を吐いた。

「まさか、闇の魔導師があんな恐ろしいことまでできるだなんて……」

「なんだ、怯えているのか？　いつもの威勢はどうした」

いつになくしおらしい様子のキサラにヨハネスが首を傾げる。キサラといえば常に堂々とした立ち振る舞いでヨハネスに光魔法をぶち当ててくる女傑である。第七王子を光の輪で拘束して椅子《いす》に縛りつけて『ストーカー更生プログラム』を強制受講させる度胸の持ち主が、闇の魔導師ごときに怯えるとは信じがたい。

「殿下。お忘れかもしれませんが、わたくしも貴族の娘ですの。サメのいる水中に落ちる日が来るとは、想像したこともありませんでしたわ」

キサラは凄みのある笑顔でそう言った。

それもそうか、と納得してヨハネスは口をつぐんだ。

「う、うーん……さっ、サメっ！　サメがサメが！　いやーっ！　私は食われたのね！　ここはサメの腹の中なんだわーっ！　このまま消化されるーっ！」

「とうとうあの世さ来ちまったか……どら、死んだ爺様《じい》でも捜してみるべか」

目を覚ましたロージーが取り乱すのと牢番が先祖を捜しに行こうとするのをどうにかなだめて、辺りに注意を払いながらヨハネス達は一階まで下りた。

下りてくる途中にもアルム達の姿はなく、また何事もなく進んでこられたことが逆に不気味だった。

（アルムとエルリーが心配だ。捜したいが……雑用係と牢番は足手まといだし、こいつらがただの一般人ならこれ以上巻き込むわけにはいかない。まずはこいつらを外に出して神官に引き渡そう）

「とにかく、いったん塔の外に出て、神官達の手も借りてアルム達を捜しましょう」

同じことを考えたらしく、出口まであと少しというところでキサラがそう言った。

その途端、背後から悲鳴があがった。

「きゃあああっ！　あ、あなた誰⁉」

ロージーの叫《さけ》びに慌てて振り向くと、通路の真ん中に青いドレス姿の少女が佇《たたず》んでいるのが目に入った。

「また使い魔……？」

「いや、あれは……」

突然現れた少女に警戒するヨハネスとキサラの前で、少女がうつむいていた顔を上げた。

青い瞳《ひとみ》が見えたのとほぼ同時に、少女の周囲にいくつもの球体状の水の塊が浮かんだ。

『あははははっ！』

少女が笑いながら手を広げると、水の球が一斉にヨハネス達に襲いかかってきた。

「うわっ！」

「くっ……」

とっさに避《よ》けるヨハネスと、光の防壁を作って水を叩き落とすキサラ。ロージーと牢番は真《ま》っ青《さお》な顔で壁にへばりついている。

キサラの光に触れた水はじゅうう、と音を立てて蒸発した。光に触れて消えるということは、この水は瘴気《しょうき》だ。

『きゃはは っ』

少女がふわりと宙に浮き上がった。

「ゆ、幽霊⁉」

ロージーが叫ぶ。

「違う！　あれは……邪霊《じゃれい》だ！」

ヨハネスは宙に浮かぶ少女を睨《にら》んで歯を食いしばった。

意思もなく瘴気を吸収するだけの幽霊と違い、邪霊は自我を持ち人を襲う。

少女が放つ水が矢のように飛んでくるのを避《さ》けながら、ヨハネスは出口へ走ろうとした。だが、その前に宙を飛びはねるように移動した少女がヨハネスの前に立ちはだかり、出口の前に水の壁が作られる。

「くっ……！」

『きゃははは！』

少女が飛ばす水に触れるとまずい。キサラが結界を張るものの、大量の水をぶつけられて結界がすぐに消されてしまう。

「おい、逃げろっ！」

今にも腰を抜かさんばかりに震えているロージーと牢番に向かって怒鳴《どな》ると、二人はあわあわと階段の方へ走り出した。

だが、その二人の前にも水の壁が出現し行く手を阻む。縦横無尽に襲いかかってくる水のせいで防戦一方、しかも水を防ぐことができるのはキサラ一人だ。彼女の魔力が尽きる前になんとかしなければ。


（――仕方がない！　緊急事態だ！）


ヨハネスは水を避けながら通路の真ん中まで走った。昔聞かされた話を思い出しながら壁を探り、手触りの違う部分をみつけ出す。そこをどんどんと二回叩いて、足元の床を踏む。

ごぉん、と音を立てて壁の一部が沈み、その下に隠されていた階段が現れた。

「来い！　急げ！」

這《は》うようにして逃げてくるロージーと牢番を先に行かせて、水を防ぎながら駆けてきたキサラにも下りるように促《うなが》す。最後にヨハネスが壁から手を放して階段を駆け降りた。

ごぉん、と壁が元に戻る音がして、少女の笑い声が遠くなった。

「……ふう」

ひとまずは助かったと安堵《あんど》の息を漏《も》らして、ヨハネスは水晶に魔力を込めて光らせた。心許《こころもと》ないが松明《たいまつ》代わりだ。

「殿下、ここは……」

暗闇の中でキサラが不安そうに辺りを見回す。石の壁に囲まれた通路がずっと奥まで続いている。


「ここは旧城の地下通路だ」


今となってはおとぎ話や怪談のたぐいとして語られる『旧城の地下通路』だが、王族に生まれた者は教育の中で必ず通路の入り口の場所と入り方を教えられる。教わった当時はそんなもの覚えたって実際に使うことはあるまいと思っていたが、まさかこんな形で役に立つとは。

「通路を通って他の入り口から外に出るぞ」

ヨハネスはかつて覚えた通路の地図を記憶から呼び起こしながら皆を促したが、ロージーが床にへたり込んで泣き出してしまった。

「もう駄目《だめ》ですーっ！　秘密の地下通路の存在を知ってしまった私はきっと外に出ても口封じに殺

されてしまうーっ！　いいえ、外に出してやると見せかけて、通路の途中に置き去りにされて閉じ込められるんだわ！　王国の歴史の闇に葬《ほうむ》られるんだわーっ！　いやーっ！」

「落ち着け！　通路の存在自体はそこまで重要な秘密じゃない！」

おとぎ話や怪談で語られることもあるし、王族が婿入りや降嫁することの多い公爵家や侯爵家の人間なら一つや二つぐらい入り口の場所を知っていてもおかしくないのだ。

ただ、この地下通路には、王位を継ぐ者と大神官、そして光の魔力を持つ王子にしか伝えられない真の秘密も眠っているが、それは口に出さずにロージーをなだめる。

「昔は普通に使われていたただの通路だ。怪談や噂で面白《おもしろ》おかしく語られている話はほとんど眉唾《まゆ》だから！」

「じゃ、じゃあ『地下の部屋では今でも王族の命令で拷問が行われている』とか『王族が気に入らない人間を閉じ込めて餓死させている』とかも真実じゃないんだべか？」

「当たり前だ！　王族をなんだと思ってる⁉」

おずおずと尋ねてくる牢番に、ヨハネスは頭を抱えて怒鳴った。

＊＊＊

王城の執務室にて、ワイオネルは徹夜のせいで鈍《にぶ》く痛む頭を押さえて顔をしかめた。

いくら調べても、犯人の目星がつかない。

ワイオネルを狙うふりをしてヨハネスを排除しようとした。

ワイオネルを排除してヨハネスに罪を着せるつもりだった。

両方の可能性を考えているが、これといった手がかりもなく貴族間に怪しい動きもみつからない。

「やはり、もう一度あの男から話を聞くか」

ワイオネルを襲撃した実行犯は尋問のために城の地下牢に捕らえられている。国王代理を狙った以上、いずれ尋問が終われば監獄塔送りになるだろう。


ワイオネルは執務室を出て地下へ向かった。執務室の前に立っていた近衛《このえ》騎士が後ろをついてくる。彼は鏡の間でワイオネルと襲撃者の間に入った人物だ。ワイオネルへの忠誠心が篤《あつ》く、他の兄弟——とりわけヨハネスへの反感が強い。もちろん、口に出しては言わないが、そうした雰囲気は伝わってくるものだ。

(俺《おれ》に光の魔力があれば、貴族をもっと一つにまとめることができただろうに)

この国の民は光の魔力を持つ国王を求めている。初代国王からこれまで、光の魔力を持つ国王が君臨した時代に王国は繁栄したと言われているからだ。

実際はどうあれ、民はそう強く信じている。

（だからこそ、俺にはアルムが必要だ。圧倒的な光の魔力を持つ聖女が）

アルムがそばにいてくれれば、なんでもできるような気がする。ヨハネスを守ってくれるように頼んだのも、アルムにならば信じて預けることができるからだ。

地下へ降りるために見張りに声をかけ、ワイオネルは近衛騎士をその場に残して一人で階段を下りた。

だが、牢《ろう》の前に立ったワイオネルは顔色を変えた。

「どういうことだっ……」

牢の中は空だった。

即座に見張りを呼びつけると、駆けつけた彼らは牢を見て真っ青になった。囚人《しゅうじん》は捕らえられてからずっとおとなしく、暴《あば》れることもなく静かだったという。ワイオネルが来るまでは尋問官以外は囚人の元を訪れていない。

いったいどうやって脱獄したのか、呆然《ぼうぜん》とするワイオネルの元へ、慌てた様子の騎士が駆け込んできた。

「報告します！　ご命令により神官数名と共に塔へ向かいましたが、塔には大量の瘴気が取り巻いており中に入れず、やむを得ず説明を聞こうと牢番小屋へ入ったのですが――」

「大変です！　シャークネードがシャークレインボーになって空の彼方《かなた》へ消えたことで一部の民が『神の怒りに違いない！』と騒いでおります！」

「は？　……は？」

騎士の言葉の途中で新たにもたらされた報告に、ワイオネルは思わず二度聞き返したのだった。

第五章

地下通路の崩壊

エルリーはにこにこと喇叭《ラッパ》を抱えて歩いているが、今のところ吹こうとはしていない。

アルムはちらちら様子をうかがっていたが、やはりなんの変哲もない喇叭にしか見えず、エルリーがみつけて気に入ったのはただの偶然かとも思い始めた。

しかし、行き先を指示して隠し部屋をみつけた先程のエルリーは「ここにあるのだ」という確信に満ちているように見えた。それに、隠し部屋をみつけた後は「あっち、あっち」と訴えることもなく、おとなしくアルムとセオドアについてくる。目的は果たしたとでもいうように。

(気にはなるけど、とりあえず外に出るのが先か。でも……)


「出口がどこかわからない〜!!」


アルムは思わず立ち止まって叫《さけ》んだ。

延々と同じような通路が続くばかりで、きちんと進めているのか同じところをぐるぐる回っているのかもわからない。

「出口はこっち、って看板を立てておいてくれればいいのに!」

「そんな親切な隠し通路は聞いたことがないねえ」

アルムは天井《てんじょう》をきっと睨《にら》みつけた。

「いっそ天井をぶち抜いて脱出しましょう！」

「それはいいね。その衝撃で古い地下通路が大崩壊して、どこかにいるかもしれないヨハネス殿下が潰《つぶ》れる可能性もあるけれど」

セオドアが実に楽しそうに言う。

そんなことになったら『事故に見せかけた悪質な犯行』として情状酌量の余地なしと判断されてしまう。アルムは力技での脱出を諦《あきら》めざるを得なかった。


「こんなことなら腕のいい弁護士と仲良くなっておくんだった……！」

「私の知り合いでよければ紹介しようか？　ちょっとグレーなお仕事専門だったりするけど」

怪《あや》しい囁《ささや》きを吹き込んでくるセオドアに惑わされぬように首を振って、アルムは自分を励ましながらこの状況から抜け出す方法を考えた。


（頑張れ私！　ここから出てヨハネス殿下達をみつけて、罪を着せられることなく家に帰るんだ！

闇雲《やみくも》に歩き回っても疲れるだけ……もっと楽に出口を探せる方法はないかな？）

＊＊＊

効率よくサボる……もとい、労力を最小限に抑える方法を探してうんうんと唸《うな》り出したアルムを見上げて、エルリーはぱちぱちまばたきをした。

アルムがなんだか大変そうだと思ったエルリーは、お手伝いをしようと思いついた。大神殿ではいつも皆のお手伝いをして褒められているエルリーは、お手伝いには自信があった。

（おそとに出るドア、探せばいいの！　エルリー、頑張る！）

そう決めたエルリーはたかたかと石の床を駆けていき、アルムのそばから離れてしまったのだった。

＊＊＊

「あれ？　エルリー？」

結局いい方法が思い浮かばず、地道に出口を探すしかないかと観念したアルムがふと気づくと、エルリーの姿が見えなくなっていた。

大声で名前を呼んでみるが、「あーるぅ」という声は返ってこない。

まさかはぐれた？　と焦《あせ》るアルムの横で、セオドアが「おや、どこに行っちゃったんだろうね」とのんびりした口調で呟《つぶや》いた。

「あの小さなお嬢さんは、この真《ま》っ暗《くら》な通路を一人で進んでいったのかな？　最初に目が覚めた時も、あのお嬢さんは暗闇《くらやみ》の中でも私や君の姿がよく見えているようだったよ」

セオドアはそこで言葉を切ってアルムをじっとみつめた。

「もしかして、あのお嬢さんには闇《やみ》の魔力が宿っているのかな？」

「え……？」

唐突に言い当てられて、アルムはぎくりと硬直した。エルリーはセオドアの前で魔力を使っていないはず、と塔の中での出来事を思い返す。

「闇の魔力を持つ者は、常人よりも闇の中でものがよく見えると聞いたことがあるんだ」

その話が真実か、カマをかけられているだけなのか、アルムには判別できなかった。上手《うま》い答えも思いつかずに無言になるアルムを見て、セオドアは笑みを深くした。

「まあ、いいか。そんなことより早くみつけてあげないとね。地下通路にはいろいろと物騒《ぶっそう》な噂《うわさ》もあることだし」

「噂？」

「たとえば、『かつて地下の牢獄《ろうごく》に閉じ込められていた闇の魔導師の呪《のろ》いがかかっている』とか、『地下で見てはいけないものを見て口を封じられた者の怨嗟《えんさ》の声が聞こえる』とか、後は」

セオドアの言葉の途中で、地の底から響くような呻《うめ》き声が響き渡った。

「……『恐ろしい邪霊《じゃれい》が巣食っている』とか、ね」

通路の奥の闇から、ずる……ずる……となにかを引きずる音が聞こえてくる。なにか大きな影が闇の中を這《は》い寄ってくる。時折、呻き声を漏《も》らしながら。

アルムが生み出した火球の明かりに引き寄せられるように近づいてきたそれが、闇の中から姿を現そうとした瞬間――

「はっ!」

アルムは浄化の光を放って闇の中にいた存在を消し飛ばした。

「エルリーを早くみつけないと――」

「ちょっと待って。今なんで姿も見ずに浄化しちゃったんだい? せめてビジュアルぐらい確認してあげればよかったんじゃないかな」

時短にもほどがあるやり方にセオドアが口を挟んでくる。

「這い寄ってくる影を見る限り、どうせありきたりなおどろおどろしい風体だろうなと思って。今時は敵キャラもスマートじゃないと人気が出ませんよ」

いかにも化け物じみた姿で出てこられても、最初は皆怯《おび》えるだろうが、ただ呻き声をあげるだけの邪霊などすぐに見慣れて飽きられるに違いない。闇の魔力を魅力的に見せるには、もっとスマートでスタイリッシュな敵を用意しなければとアルムは思った。

もしもかっこいい邪霊がいたらダークヒーローと戦わせる用に捕獲しておきたいが、ダークヒーロー自体もまだみつけていないので急いで捕まえることもない。

「とにかく今はエルリーを捜さないと！」

もしかしたら、隠し部屋をみつけた時のようになにかに呼ばれてしまったのかもしれない。闇の魔力を持つエルリーにしかわからないなにかが、この地下通路にはあるのかもしれない。

アルムはふとそう思った。

＊＊＊

「うひぃぃ……不気味ですね～……」

「おそろしやおそろしや……もういっぺんお天道様が拝めますように」

暗くて足元さえよく見えないのに加え、怯えきっているロージーと牢番の歩みが遅くてなかなか先に進めずにいる。

「殿下、出口はこっちでいいんですの？」

「ああ。塔の外――牢番小屋の近くに一つ出口があるんだ。そこが一番近いし簡単に出られる。もっとも、使われなくなってから相当経《た》っているから、扉がちゃんと開くかは祈るしかないが……」

「ひ、開かなかったら……私達は、どう……なるんですかぁ……」

ロージーが力なく言う。

「出口は他にもあるから心配するな」

ヨハネスはロージーと牢番を安心させるためにそう言った。

ただ、他の出口へたどり着くには、地下通路を長い時間歩き回る羽目になる。それは避《さ》けたい。すでに魔力をたくさん使って体力を消耗しているし、魔力自体もほとんど尽きかけている。キサラの魔力量はヨハネスの何十倍もあるが、浄化や結界に加えて先程の邪霊との戦いで大分魔力を消費したはずだ。

（次に瘴気《しょうき》や邪霊が襲ってきても、もう戦えないだろう。アルムのことも心配だが、今はこの三人を無事に外に出さなければ）

「殿下、ちょっとお待ちください」

焦燥に突き動かされて早足になっていたのか、キサラに呼び止められて振り向くと三人とは少し距離があいていた。

「ロージーさんの具合が悪そうです」

暗いので顔色はわからないが、言われてみれば確かにロージーの足取りが重い。泣き叫ぶ元気も失っているようだ。

「もしかすっと、さっきの邪霊の水さ当たっちまったんでねぇべか」

倒れそうになるロージーを支えて、牢番がそう言った。

可能性はある。その前に水中に落ちてずぶ濡《ぬ》れだったため、邪霊の水に触れたかどうかわかりづらかった。

「わたくしが治癒します」

キサラが壁にもたせかけて座らせたロージーに手をかざして光を当てる。これ以上キサラの魔力を失うのは得策ではないが、瘴気による病は聖水を飲ませるか、聖女が治癒する以外に回復しない。

そのままでしばし時が経つ。ロージーはぐったりしたまま目を閉じていて、倒れないように牢番が肩を摑《つか》んで支えている。

「……おかしいですわね。もう目を覚ましても」

キサラが眉《まゆ》をひそめて呟いた。

ヨハネスも同意見だ。邪霊の放った瘴気とはいえ、触れただけならば聖女の力で治癒できる。もしもロージーがただの体調不良であったとしても、治癒を受ければ症状は緩和するはず。悪化するなどありえない。

「……」

ヨハネスは黙ったまま近づいた。ロージーの様子を見るふりをして背後に回る。

そして、素早く手を伸ばして捕まえようとした。――牢番を。

だが、牢番はヨハネスの手が伸びるより早く床を蹴《け》っていた。ヨハネスの腕が空を切る。

「――ふっ。とうとうバレたか」

少し離れたところに着地した牢番から、これまでとは打って変わって凛《りん》とした声が発せられる。

闇の中ですっくと背を伸ばした男は、先程までの『猫背で田舎訛《いなかなま》りの牢番』とはまったくの別人に見えた。

ぼさぼさの髪を手櫛《てぐし》で整え撫《な》でつける。切れ長の瞳《ひとみ》がすいっと細められる。

たったそれだけで、辺りをのみ込むような存在感が男から放たれた。これほどの人間を、どうして今まで気に留めずにいられたのだろうと不思議に思うほどの。

「魔力は完璧《かんぺき》に隠していたんだがな」

「……聖女の治癒が効かない原因があるはずだと思った」

ヨハネスは男を睨みながらキサラとロージーを背に庇《かば》った。

この場に治癒が効かない原因があるとしたら、ロージーの肩に触れている男の他にない。そう考えたのだ。

「何者だ？　目的はなんだ」

ヨハネスが問うと、男は優雅《ゆうが》な仕草《しぐさ》で片手をあげた。

「私の名はシン。目的を話しても、お前には理解できないだろうヨハネス・シャステル！」

シンが答えると同時に、背後でキサラが「殿下！」と緊迫した声をあげた。

慌てて振り向いたヨハネスの目に映ったのは、あの少女の姿の邪霊。

にやりと笑った少女が、瘴気の水を雨のように降らせた。キサラがとっさに張った結界を、どどど、と土砂降りの雨が叩《たた》く。

「では、いずれまた会おう」

雨の向こうで、シンの姿がふっと消えた。

ほどなくして雨がやみ、キサラはほっと息を吐《つ》いて結界を解いた。

邪霊の姿も消えていたが、出入り口へ向かう通路の先には置き土産のように瘴気の壁が作られており、ヨハネスはそれ以上進めなかった。

キサラは今の結界で魔力をほとんど使い果たしてしまっていた。瘴気の壁を消すにも、ロージーの治癒をするにも、魔力が足りない。

（他の出口へ向かっても、そこにも邪霊が現れたら太刀打《たちう》ちできない。ロージーはそう長く保《も》たないだろうし……アルムをみつけるか、キサラの魔力を回復させるかしないと）

自分が罪を着せられて塔に入れられたこと。大量の瘴気で魔力を消耗させられたこと。アルムと分断されたこと。

敵は自分達を――自分を地下通路に追い込み、魔力を枯渇させたかったのだ。

ヨハネスには、敵の目的がわかった。

（向こうの思い通りの展開か……だが、他に方法はない）

決意を固めたヨハネスは、硬い声でキサラに告げた。

「――『守護聖石』の元へ向かうぞ」

＊＊＊

「エルリー、どこー？」

呼びかけながら、通路の脇《わき》で蠢《うごめ》いていたものに光を当てて消す。

「どこに行っちゃったんだろう？」

辺りを見回しながら、こちらへ向かってくるなにかを消す。

「困ったなあ」

溜《た》め息《いき》を吐きながら、天井から垂れ下がってきた物体を消す。

「ひとりぼっちで泣いていないといいけど……」

「せめてちゃんと姿を視認してから消してあげようよ。彼らだってこちらをびっくりさせようとして頑張っているんだから」

エルリーの心配をしながら周囲の怪しい気配を一瞥《いちべつ》もせずに浄化していくアルムに、セオドアが苦言を呈した。

「でも、今はエルリーを捜さないといけないので、そんなのにかまってられません！」

「せっかく皆から恐れられる邪霊にまで進化したというのに、なんて気の毒なんだ。私は今日、聖女の非道さを目の当《ま》たりにしてしまったよ」

邪霊達のこれまでの努力を一瞬で無にするアルムのやり方に、セオドアはふるふると首を振った。

「君は大衆受けするキャラを求めているようだけれどね。最初から人気になるキャラもいいけど、取るに足らない存在だった脇役《わきやく》が長い物語の中で成長して、最終回付近で主人公をもしのぐとんでもない人気キャラに変貌することだってあるんだよ？」

「でも、このくらいの浄化の光で消えているようじゃあ、伸びしろに期待できません！」

「聖女による浄化オーディションに勝ち残れる逸材以外には用はないということか……」

セオドアの嘆きを余所《よそ》に、その後も容赦のない浄化オーディションで不合格を叩きつけていくアルムだったが、通路の奥から聞こえてきた音に気づいて足を止めた。

「……雨音？」

ざあ、という音は、雨の日に家の中で聞く雨音に似ている。辺りに漂わせている火球で通路の奥を照らしてみると、その先には雨が降っていた。

「おや。地下通路で雨とは、珍しいねえ」

セオドアがのほほんと言うが、もちろんただの雨であるわけがない。

「雨に触れないようにしてください。これは瘴気です」

アルムがそう言うと同時に、雨の中に少女の姿が浮かび上がった。

アルムは無言で浄化の光を放った。だが、少女はそれを水の壁を生み出して防いだ。

「おお。やっと逸材が」

「そうですね。水を操《あやつ》るというわかりやすい能力を持っているのも、初期の敵としては理想的です」

「おめでとう！　聖女オーディション合格だよ！」

「雨と共に現れる『雨女』……主人公のシャークが『雨女』に襲われることで自分の持つ力に初めて気づく第一話……もう駄目《だめ》かと思った時に能力が覚醒《かくせい》してサメを召喚、『雨女』を倒した彼は己《おのれ》の力を人助けのために使おうと決意する……」

『ちょっと！　誰《だれ》が雨女よ！』

第一話のあらすじを考えるアルムに、雨の中の少女が激昂《げっこう》して攻撃してきた。矢のように飛んできた水が届かないよう、アルムは結界を張る。

「よし。あとはサメの魔導師をみつければ『第一話　サメヒーロー覚醒』の役者が揃《そろ》いますね」

「そんなにサメを気に入ってくれたとは、光栄だな」

不意に、闇の中からセオドアとは違う男の声がした。

雨女がいるのとは別の通路から、二人の人間が現れた。

一人は三十歳くらいの若い男で、切れ長の瞳の涼しげな容姿をしている。髪と瞳の色は深い藍色だ。

「……牢番さん？」

年齢不詳の猫背な牢番とはまとう雰囲気がまったく異なっているが、彼の服装は牢番のそれだったし、よくよく見れば面差しが似ている。目の前の男がわざと情《なさ》けない力の抜けた表情を作って猫背にすれば、あの牢番になると思われた。

さらに、その男の後ろに付き従う青年を見て、アルムは目を瞬《またた》いた。どこかで見た覚えがある。

「……あっ！　エルリーをさらおうとした闇の魔導師！」

ジューゼ伯爵領でエルリーをめぐって対峙《たいじ》した闇の魔導師レイクは、アルムを見るなり嫌《いや》そうに顔を歪《ゆが》めた。

「……なんで聖女アルムがいるんだ。聞いていませんよシン殿」
「ごめ〜ん。おもしろそうだから塔に入れちゃった！」

牢番――シンと呼ばれた男はレイクに向かって「てへっ」とでも言いたげな軽い態度で謝る。
それから、アルムに向き直ってこう言った。

「はじめまして聖女アルム。ジューゼ伯爵領では私の優秀な部下であるレイクが世話になったね。

彼が任務に失敗するだなんて初めてだったから驚いてしまったよ」

『ボスぅ！　ひどいのよあの女！　ボスが育てたベイビー達をみーんな消しちゃった！』

雨女がふわりと宙を飛んでシンに泣きついた。

「そうか。じゃあまたアタシとボスの時間が減っちゃう～！』

『やだあ！　またアタシとボスの時間が減っちゃう～！』

「ははは。今回は頑張ったな。先に戻っていなさい」

シンがそう言って指を鳴らすと、雨女の姿が闇に溶けるように消えた。

アルムはごくりと息をのんで口を開いた。


「あなたがサメの魔導師ですか？」

「闇の魔導師と呼ばれたことはあってもサメの魔導師と呼ばれたことはないなあ。サメは嫌がらせ程度の軽い気持ちで入れておいただけなんだけど」


男の答えに、アルムは確信した。


「さて聖女アルム。君にはここでおとなしくしていてもらう――」

「ヒーローになりませんか!?　なりましょう！　主人公になって活躍しまくりましょう！」

「えっ」

急に目を輝かせて前のめりになったアルムに、シンとレイクは思わず身を引いた。

「闇の魔力のイメージ向上のために、ヒーローとなる闇の魔導師が必要なのです！　サメの魔導師である貴方《あなた》に、世の中を変えるために一緒に戦っていただきたい！」

「ええ？」

突然の勧誘に、シンは胸に手を当てて呆然《ぼうぜん》と呟いた。

「私が……ヒーローに？」

「なんでちょっとときめいてるんだ！　馬鹿《ばか》ですか⁉」

『トゥンク』する上司にレイクが突っ込みを入れる。

「だって……ヒーローって男の子の憧《あこが》れだし……」

「アホみたいなスカウトに引っかかるな！」

レイクに叱られてしょんぼりするシンに、アルムは必死にダークヒーローの必要性をプレゼンした。

「今の世に求められているのはサメの魔導師のような人材なのです！　ダークヒーロー業界はまだまだ可能性が未知数で、成長に期待できる業種です！　本人の頑張り次第で結果がついてくるのでやりがいのあるお仕事です！　未経験者歓迎！　アットホームな職場です！」

「ほほう……！」

「やめろ！　ひとの上司を勧誘するな！」

「なんだか大変だねえ」

元聖女が闇の魔導師（サメ上司）を勧誘するのを闇の魔導師（部下）が止めるというカオスな光景を、セオドアはにこにこと笑顔で見守っていた。

「闇の魔力を持ちながら闇から生まれた悪を討つダークヒーローを演じてもらうに当たって、細かい設定を打ち合わせしたいんですが」

「ふむふむ。私は演技力には自信があるよ。牢番の演技も完璧だっただろう？」

「ええ！　闇に怯える演技も、全部自作自演だったんですね」

アルムは牢番が使い魔に怯えていた姿を思い出した。まさか、自分で作った使い魔に怯えているふりをしていただなんて、まったく気づかなかった。

「ふふん。私の部下の演技もなかなかだよ。暗殺者役を見事にこなしてくれたからね。実に有能な男だよ」

「暗殺って……もしかしてワイオネル殿下を狙《ねら》ったのって」

アルムとシンの会話が続くと、だんだんとレイクのこめかみに青筋が立ってきた。

「ええい！　もう帰りますよ！　頼まれた仕事はやったんだ。長居は無用です」

「ええ～？　残念だけど仕方がないな」

レイクに胸ぐらを掴まれて口を尖《とが》らせたシンは、アルム達に向かってぱちりと片目をつぶってみせた。

「それじゃあ、後はお手並み拝見」

そう言うと、シンとレイクの姿がぱっと消えた。

「ああ～！　サメの人が逃げた！」

「残念だったね。きっといつかまた会えるよ」

主役に逃げられて嘆くアルムの肩に手を置いて、セオドアが慰めてくる。

アルムはがっかりしたものの、気を取り直してエルリー捜しを再開することにした。

＊＊＊

意気揚々と出口を探しに出たエルリーは、きょろきょろしながら闇の中を進んでいた。

「おそと、おそと……わぅっ」

足元を見ていなかったので、石の隙間《すきま》につまずいて転んでしまった。倒れた拍子に、右手が床石の一つを叩く。

ががんっ！　と激しい音がして、エルリーの真下の床が両開きの扉のように開いた。

エルリーの体が穴の中に落ちていく。

「ふむぅ！」

エルリーはぎゅっと体を縮こめて、魔力を放出して自分を宙に浮かせた。

大神殿で暮らすようになってから、エルリーは魔力をコントロールする練習をしている。以前は泣いたり感情が高ぶった時に無意識に魔力を放って浮かんでいたが、きちんと自分の意思で浮くことができるようになっていた。

「んしょ……んしょ……」

そのまま魔力をコントロールして上へ上へと浮かぼうとする。

時間はかかったが、なんとか穴から脱出できて、エルリーは床に着地してほっと息を吐いた。

「おそと……ない」

床に手をついて穴の中を覗《のぞ》き込んでみるが、底は深い闇に沈んでいるばかりで出口があるようには見えない。

エルリーは立ち上がると再び出口を探し始める。

「おそと、上かな?」

下に出口がないのなら上かもしれないと考えたエルリーは、天井を見上げながら壁にもたれかかった。

すると、背後の壁がくるりと回転して、エルリーはころっと後ろに倒れ込んだ。

先程と同じく隠し扉の向こうには小さな部屋があった。ただし、先程のがらくたとは違い、部屋いっぱいにきらきら光る金銀財宝が積まれている。

「おそとない」

ここも出口ではなかったので、エルリーは金銀財宝に背を向けて隠し扉を押して通路に戻った。

「おそとないなあ……」


出口がみつからないことが不満で、エルリーはぷぅと頬《ほお》をふくらませた。

少し疲れてしまったため、闇の中で床に座り込む。肩から提《さ》げていた喇叭が床に当たってカツンと鳴ったので、引き寄せて膝《ひざ》の上に乗せた。

出口をみつけて役に立つんだと張り切っていたエルリーだが、思うようにいかない現状に急に心細くなってきた。

「あーるぅ……」

アルムならばどうするだろう、と考えて、エルリーはこれまでに見てきたアルムの真似《まね》をしてみようと思い立った。


アルムが得意なのは、なにもないところに木を生やしたり果実を実らせたりすること。

とりわけ、木の根を自由自在に伸ばして手足のように使うことをベンチに寝転がったまま簡単にやってのける。

あれを真似できれば、エルリーもこの場から動かずに出口を探せるのではないだろうか。

そう考えたエルリーはさっそく試してみることにした。

「んーと、うねうね、にょろにょろ！」

アルムが操る木を頭に思い浮かべて魔力を手に集中させると、手のひらからあふれ出したエルリーの魔力が周囲の闇を取り込み、徐々に固まり実体と化す。形を得た闇はぞろり、と動いた。

漆黒の塊は太く長い体でうねり、鎌首《かまくび》をもたげる。

赤い光が二つ、浮かび上がった。

エルリーの魔力で作られた塊は、うねうねにょろにょろと通路の床を這って進んでいく。

確かにうねうねにょろにょろとしてはいるが、アルムの木の根とは少し違うような感じがして、エルリーは首を傾《かし》げた。

エルリーがその膨大な闇の魔力で意図せずして作り出した漆黒の大蛇《だいじゃ》の姿をした使い魔は、闇の中に赤い眼《め》を光らせてしゅるしゅると前進した。

＊＊＊

「何故《なぜ》、ガブリエル侯爵までこっちに飛ばしたんです？」

出口へ向かう途中、レイクは眉根を寄せてシンに尋ねた。

「依頼されたのは、ヨハネスが守護聖石に頼らざるを得ない状況に追い込むことです。聖女アルムさえいなければ、瘴気を送り込むだけで済んだでしょうに」

アルムを塔に入れずに追い返していれば簡単だったのに、と若干《じゃっかん》の非難を込めてシンを睨む。

結局、アルムを分断する羽目になったが、その際に何故セオドアまで移動させたのか不思議に思うレイクに、振り向いたシンが穏やかな微笑《ほほえ》みを向けた。

「侯爵は私がアルムを飛ばそうとした瞬間に勝手に飛び込んできたんだ。私だってびっくりした」

「はあ？　何故、侯爵はそんなことを」

「あの男がなにを考えているかは知らないが……見極めるつもりなのかもな、聖女アルムを」

「見極める……それでは、やはり」

レイクの言葉の途中で、不意にシンが柔和な笑顔を凍りつかせて目を見開いた。

その目が自分の肩越しになにかを見ていることに気づいて振り向いたレイクは、闇の中をすごい勢いでこちらに迫ってくる二つの赤い眼を見た。と、思った次の瞬間には巨大な漆黒のなにかにはじき飛ばされて壁に叩きつけられた。

「がふっ」

「ぐえっ」

壁に張りついたレイクとシンの間を、なにかがうねうねと暴《あば》れながら通っていく。

「へ、蛇……使い魔か？　こんなに巨大な」

レイクは愕然《がくぜん》として呟いた。通路の床や壁に体当たりするようにうねりながら進む大蛇からは、闇の魔力が感じられる。

大きさに驚きはするが、使い魔であれば対処法はわかる。その体を形作る瘴気を散らせばいいだけだ。

レイクは身をよじって懐《ふところ》から杖《つえ》を取り出すと蛇に向けて魔力を放った。

矢のような勢いで魔力が蛇の体に突き刺さり、瘴気は崩れて塵《ちり》となるはずだった。

だが、蛇の体に突き刺さったレイクの魔力は、そのまま吸収されて消えてしまった。

「なっ……」

絶句したレイクの前で、大蛇が大きく身をうねらせる。

「レイク、この使い魔は瘴気ではなく、『闇』そのものを使って作られている……ぎゃふっ！」

「シン殿！」

うねる大蛇の体にはじかれて再び壁に叩きつけられたシンが、レイクに向かって真剣な口調で言い聞かせた。

「闇の魔力といっても闇そのものを従えるのは……うぎゃ！　瘴気ではなく、闇を自在に操ることができるのはたった一人……ぎゃんっ！　これはまさしく闇の支配者の力……べふっ！」

「喋《しゃべ》らなくていいから避けてください！」

激しくのたうつ大蛇に何故か無抵抗で当たられては壁に叩きつけられている上司を怒鳴《どな》りつけ、レイクは舌打ちをした。

「俺《おれ》達を叩き潰せと命令されたのか？　くそっ」

狭い通路で暴れ回る大蛇から、レイクは攻撃の意志を読み取った。


誤解である。

大蛇が暴れているのは、大蛇を作った時のエルリーが「うねうね、にょろにょろ」とした動きをイメージしていたせいだ。

エルリー自身はアルムのように木の根を操って出口を探そうと考えていただけで、蛇を作るつもりはなかった。ただ、集中する際に木の根の動きを強くイメージしたため、それに近い動きのできる使い魔が出来上がったというわけだ。

そして、「出口を探す」ではなく「うねうね、にょろにょろ」が使い魔への命令となってしまった。

大蛇はその命令に従って、ひたすら「うねうね、にょろにょろ」しているだけである。

そんなことは露《つゆ》とも知らないレイクは真剣な表情で叫んだ。

「撤退しましょう！」

「そうだな……こんな狭い通路では不利だ。ぷぎゃ！　そもそも今回は戦うつもりなどなかったし、引きあげ時だな。ぐはっ！」

「だから、避けろと言ってるのに！」

レイクは突っ込みを入れながら魔力を身にまとわせる。

レイクとシンの姿が消え、後には闇だけが残された。

＊＊＊

「エルリー、どこにいるのー？」

サメの人に逃げられた後、エルリー捜しを再開したアルムだったが、延々と続く石の壁に嫌気がさしてきて思わずぼやいた。

「はあ……なにか吹っ飛ばしていいものいないかなあ。綺麗《きれい》さっぱり消し去ってすっきりしたい」

「危険人物みたいな台詞《せりふ》だね」

アルムの愚痴にセオドアが微笑む。

「なにかを吹っ飛ばすより先に、小さいお嬢さんをみつけてあげた方がすっきりするんじゃないかな？　心配だろう？」

みつからないことは心配だが、エルリーはアルムの魔力で作った魔石でできた指輪をしている。そのため、エルリーの気分が高ぶって魔力が暴走したり、命の危険に陥《おちい》った時にはアルムに伝わるようになっている。なにも感じないので、とりあえず無事でいるはずだ。

「エルリーは無事です。私にはわかるので」

こんなことになるなら迷子《まいご》機能もつけておけばよかったと思いながら、アルムは溜め息を吐いた。

延々と続く石の通路にうんざりする。

セオドアの胡散臭《うさんくさ》い笑顔もずっと変わらなくてうんざりしてきた。

「ちょっと表情変えてもらっていいですか？　眉間《みけん》にしわを寄せて目を限界まで見開いて歯をむき出しにしておいてください」

「こんなにも理不尽な要求をされたのは初めてだよ。私がその表情をしたら君の気分は晴れるのかい？」

そんな中身のない会話をしながら分かれ道に差しかかり、どちらに進むか尋ねられたアルムは数秒考えた後に「右」と答えた。二度連続で左に進んで行き止まりになっていたからだ。

アルムは進む前に火球を送り込んで通路の先を照らした。危険はないか一応の確認だ。

火球に照らされた右の道の奥に真っ黒い大蛇がいて、うねうねにょろにょろ動いているのが見えた。

アルムはくるりと方向を変えると、左の道に足を踏み入れた。

「あれ？　右に行くんじゃなかったのかい？」

早足で進むアルムをセオドアが小走りで追いかけてくる。

「どうしたんだい、せっかく獲物がみつかったのに。さっきまでみたいに『ヒャッハー！』とか言いながら浄化すればいいじゃないか。殺《や》りたがっていただろう？」

「ヒャッハー、なんて言ってません！」

アルムは足を止めずに言い返した。

「それに、どうしていきなりそんなに急いで……はは あ。聖女アルム、さては君は蛇が苦手《にがて》だね」

セオドアが笑いを含んだ声で言う。アルムはぎくりと顔をこわばらせた。

「なるほど。聖女も普通の女の子なんだね」

「別に苦手じゃありません！　ただ、手も足もないのにやたらと素早いところが理解できないだけです！」

アルムが初めて蛇と遭遇したのは、大神殿で暮らし始めたばかりの頃だ。ヨハネスが来る前の大神殿は平和だったので、アルムは休憩時間に庭で花壇を眺めてくつろいでいた。

繁《しげ》みががさっと音を立てたと思ってふと顔を上げると、なにかが葉の間から飛び出してきた。

芝生《しばふ》に着地した紐《ひも》状のなにか——一匹の蛇だった。

その時点では、アルムは驚いたものの「わあ、蛇だ。本物は初めて見た」ぐらいにしか思わなかった。

その一瞬の油断が命取りだった。

芝生に着地した蛇は少し顔を持ち上げて進む方向を決めるかのようにしゅるしゅると動いた——かと思うと、芝の中を泳ぐような動きで庭を突っ切っていった。

その速さといったら。

アルムはいっさい反応できなかった。蛇はぼんやりと立つアルムの両足の間をすさまじいスピードで通り抜けていったのだ。うねうねにょろにょろと。

速い。速すぎる。結界を張る暇もない。

アルムはなにもできないまま庭に立ち尽くした。

その後になにかのきっかけで蛇は泳ぐのも速いと知って、アルムはすっかり嫌になってしまった。

そう、苦手なんじゃない。嫌なだけなんだ。あの速さが。あの、うねうねにょろにょろとした動きが。


「あんな巨大な蛇に素早い動きでうねうねにょろにょろされたら、びっくりして思わず通路ごと破壊してしまうかもしれないでしょう⁉　蛇と出会った時はまず心を落ち着かせて、不意打ちに備えて適切な距離を置いた交流を心がけるべきなんです！　争いを生まないためにも！　私は元聖女として平和のために左の道を選んだんです！」

「うんうん。素晴らしい心がけだよ」

アルムは早足のまま歩き続け、曲がり角を何度も曲がった末に行き止まりに突き当たった。

「やあ、残念。戻らないとね」

「ぐう……」

アルムは目の前の壁を恨《うら》めしげに睨んだ。戻るということは蛇に近づくということだ。

「エルリー！　どこにいるのー⁉」

戻りたくないアルムは、その場でやけくそで叫んだ。

すると、

「……あーるぅ？」

かすかに、エルリーの声が聞こえた。

慌てて辺りを見回すが、小さな姿はみつからない。

「エルリー？」

「あーるぅ！」

声を頼りに捜すと、ひび割れた壁の隙間から声が聞こえていることに気づいた。その隙間を覗くと、分厚い壁の向こうにちらりと小さな影が動いているのが見えた。

「エルリー、ちょっと待っててね。今、そっちに行くから」

そう言ってみたものの、ここからどういう道順をたどればエルリーの元に行けるのか見当もつかない。手っ取り早いのは壁を壊すことだが、崩壊の危険性がある上に、壁を吹き飛ばせば向こう側にいるエルリーが危ない。

（どうしよう……）

アルムは壁を睨んで眉根《まゆね》を寄せた。

＊＊＊

「あーるぅ……むー！」

大好きなアルムの元へ行きたいのに、こちらへ来てほしいのに、分厚い壁が邪魔《じゃま》で手も伸ばせないことがエルリーはたいそう不満だった。出口を探すために作ったうねうねにょろにょろもどこかに行ったまま帰ってこない。

胸に溜まった不満な気持ちが重苦しく、どうにかして吐き出したくてたまらなくなる。

エルリーは無意識に握っていた喇叭の持ち手を引き寄せた。そして、大きく息を吸うと思いっきり喇叭に息を吹き込んだ。

ぷあーんっ！

と、軽い破裂音が響いた。

次の瞬間、ずん、と下から突き上げるような振動が通路を揺らした。それと同時に、壁にも床にもビキビキと亀裂が走る。

ばきぃっ、びしっ、とひび割れる音が立て続けに響いて、通路の崩壊が始まった。

＊＊＊

地下通路の下にはさらに地下がある。

このことは、現在の王国ではヨハネスとワイオネル、そして大神官しか知らない。

その秘密の地下に通じる扉を開けるところは、キサラにも見せるわけにはいかない。

ヨハネスは一度一人でその場を離れ、大神官から教えられた手順で仕掛けを外し扉を開けた。開け方は代々の大神官に口頭で伝えられ、大神官から王位を継ぐ王子と光の魔力を持つ王子にのみ伝えられるのだという。


ロージーを背負い、キサラを連れて扉をくぐり、長い階段を下りていく。下りた先に広がっていた光景にキサラは息をのんだ。

そこにあったのは神殿だった。無数の巨大な柱が立ち、壁と天井には壮大な彫刻が施《ほどこ》されている。広い空間の中央に薄布の重ねられた幕屋があり、内側から明るい光を発していた。


「あの中に守護聖石がある」

「始まりの聖女が遺《のこ》したという……」

伝説が実在したことに、さしものキサラも頬を染めて少女のような興奮を見せる。

「あの幕屋は結界になっていて、『光の魔力を持つ王族』しか中には入れない。だから、連中は俺が塔に入れられるように仕向けたんだろう」

ヨハネスは憮然《ぶぜん》とした面持ちで言った。今のところ、敵の思う通りに進んでしまっている。

「今から俺が守護聖石を取ってくる。あれに触れれば光の魔力が回復するはずだ」

ヨハネスはロージーを床に下ろして言った。守護聖石は触れた者の魔力を増幅すると言われている。ここから脱出するためには、その大いなる力を借りるほかない。

「ですが、殿下。守護聖石が狙われているのなら、ここまで連れてくるべきではなかったのでは……」

キサラが気を失ったままのロージーをちらりと見て声をひそめた。

もちろん、ヨハネスもロージーが敵である可能性は考えている。牢番とグルで、守護聖石の場所まで案内させるためにわざと瘴気を浴びたのかもしれない。

「聖石を取ってきたら、俺がお前に石を渡してロージーを押さえる。お前は治癒を終えたらすぐに離れて自分の周りに結界を張れ。聖石の力を借りれば、お前なら強力な結界を張れるはずだ」

自分が聖石を持ってうろつくよりも、すぐにキサラに渡して結界を張らせた方が安全だ。そう判断して、ヨハネスは二人をここまで連れてきた。

「それでは殿下は……」

「俺はロージーを連れて一度外に出る。外にいる神官にロージーを託したら、ここに戻ってきて聖石を元の場所に戻す。万が一、ロージーが敵で、俺が人質に取られたとしても、絶対に結界を解くんじゃないぞ」

「わかりましたわ!!」

「元気よく返事すんな！」

話を終えたヨハネスは幕屋に向かい、薄布をかき分けて中へ進んだ。

やがて、目の高さに浮かんだ大きな卵のような形の石が現れる。石は自ら光を発して淡く輝いていた。

（アルムの光に似ている……これが、伝説の……）

石に触れる時にはさすがに指が震えた。そっと触れると、宙に浮いていた石が手の中に降りてくる感覚があった。

ヨハネスが恭《うやうや》しく石を抱いて幕屋を出た時だった。地面が大きく揺れ出して、神殿の壁がぼろぼろと崩れ始めた。

「なんだ!?」

まさか守護聖石を動かしたせいかと焦るヨハネスの頭上が崩れた。

「うきゃああっ！」

「ふわー」

「わーお」

「なっ……アルム!?」

瓦礫《がれき》と共に降ってくるアルム、エルリー、セオドアの姿に、ヨハネスはぎょっと目を見開いた。

第六章 破壊の喇叭《ラッパ》とイリュージョン

通路が崩れ始めた時、アルムはとっさに自分とエルリー、セオドアを包む結界を張ろうとした。

だがその時、アルムの目が恐ろしい光景を捉《とら》えてしまった。そのせいで思わず硬直してしまい、対処が遅れる。

身をくねらせてすごい勢いでこちらへ向かってくる大蛇《だいじゃ》を見て動揺したアルムの足元に、激しい音を立てて大きな亀裂が走った。

しまったと思う間もなく、アルムの体は床の残骸と共に宙に投げ出されていた。もちろん、エルリーとセオドアも。

「うきゃああっ！」
「ふわー」
「わーお」

それでもどうにか、落下の途中で体を浮かせてゆっくり着地できるようにした。

「なっ……アルム⁉」

怪我《けが》なく着地した三人を見て、その場にいたヨハネスが驚く。

「あ、殿下！　一応言っておきますが、通路が崩れたのは私の仕業《しわざ》じゃないです！　事故を装っての犯行じゃありません！」

「ん？　うん。別に疑っていないが……」

とりあえず、自分がヨハネスを潰《つぶ》そうとして通路を崩壊させたわけではないという大事なことを主張するアルムだったが、通路の崩壊は続いていて大小様々な瓦礫《がれき》が降ってきて危険な状態だ。アルムは全員を包む結界を張って落下物から皆を守った。

「このままだと結界ごと生き埋めになるね」

崩壊を眺めながらセオドアがのほほんと言う。その足元ではエルリーが床に座り込んで眠そうな顔で目をこすっている。

（生き埋めになるわけにはいかないよね。このまま結界ごと上昇できるかな）

人数が多いので少し大変かもしれないと思いながらアルムが天井《てんじょう》を見上げたその時、大きな瓦礫と共に大蛇が落下してきた。

落ちてきた大蛇が幕屋を押し潰して「しゃああっ」と吠《ほ》える。

「ああああっ！　始まりの聖女の結界が！」

木っ端微塵《こっぱみじん》になった幕屋を見て、ヨハネスが悲鳴をあげる。

「うねうね……？」

キサラに抱き上げられたエルリーが寝ぼけ眼《まなこ》で呟《つぶや》いたのに反応するかのように、蛇が鎌首《かまくび》をもたげてこちらを睥睨《へいげい》する。赤い眼《め》に睨《にら》み据えられて、アルムは背筋を冷やした。

（て……適切な距離じゃない！）

近い。蛇があまりに近かった。

「なんだ、この大蛇は！　そうか……あの闇《やみ》の魔導師の仕業だな！」

「……にょろー……」

幕屋を破壊されたことに動揺しながらも、事態を把握しようとするヨハネスが唇を噛《か》んで蛇を睨みつける。エルリーがなにか小さく呟いたが、それは誰《だれ》にも聞こえなかった。

蛇が身をくねらせてこちらへ向かってこようとする。その動きに、アルムは思わず叫《さけ》んで力を放っていた。


「不適切ですーっ!!」


人間と野生生物の間には適切な距離があるべきだ。

だから、これ以上蛇を近づけるのはよろしくない。

アルムは大蛇を宙に浮かせて、できるだけ遠ざかるように念じた。ひゅんっ、と風を切る音と共に大蛇が上方向に吹っ飛ばされる。

大蛇の姿が瓦礫の向こうに見えなくなると同時に、地下神殿を支える柱が轟音《ごうおん》と共に折れて倒れた。

＊＊＊

ワイオネルが旧城へ駆けつけた時には、塔が音を立てて崩れ落ちるところだった。

「な……なにがあったんだ、いったい」

アルムから聞かされた塔を襲う瘴気《しょうき》、シャークネード＆シャークレインボーの謎《なぞ》、それと、牢番《ろうばん》小屋に踏み入った騎士から届けられた縛られて監禁されていた牢番と雑用係を発見したという報告を聞いて、なにかとてつもないことが起きているに違いないと悟ったワイオネルだったが、巨大な塔が崩れ落ちる震動と轟音を前に立ち尽くすことしかできなかった。

舞い上げられた土煙《つちけむり》のせいで、なにが起きたのか確認できない。崩壊直前まで塔の近くにいた神官によると、突然地面が揺れ出し、塔の壁に亀裂が走ったのだという。

「ワイオネル殿下！　ここは危険です！　お下がりください！」

近衛《このえ》騎士がワイオネルを旧城の敷地から遠ざけようとするが、ワイオネルは決して門の外に出ようとしなかった。もうもうと立ちこめる土煙のせいでなにも見えないが、ワイオネルは必死に目を凝らしてその中に人影を捜した。

少しだけ土煙が収まるのを待って確認すると、旧城跡の地面には大きくて深い穴ができているのが見えた。

地面が陥没したのだと、理性はそう理解したが、ワイオネルの感情はそれを受け入れなかった。

「ヨハネス……」

塔の中にいたはずの弟の名を、呆然《ぼうぜん》と呟く。その悲愴《ひそう》な姿を、近衛騎士は声もなく見守った。

誰もなにも言えずに静まり返る中、不意に穴の中から巨大ななにかが瓦礫をはね飛ばして飛び出してきた。

「なっ……」


それは漆黒の大蛇だった。

赤い双眸《そうぼう》を爛々《らんらん》と光らせた大蛇が、激しく身をくねらせて上へ上へと昇っていく。

声もなく見上げるワイオネル達が目にしたのは、天高く昇った巨大な漆黒の蛇が太陽の光に灼《や》かれてぼろぼろと崩れ塵となって消える姿だった。

「い、今のはなんだ⁉」

「封印されていた邪霊《じゃれい》が蘇《よみがえ》ったのか⁉」

我に返った騎士達が青ざめながら右往左往《うおうさおう》する。

「殿下！　やはり危険です！　お戻りください！」

「待て、まだヨハネスが……」

ワイオネルを門から押し出そうとする騎士に抗《あらが》おうとした時、瓦礫の中から再び姿を現したものがあった。

「あーもう！　なんでいきなり崩れるの！　危ないじゃない！」

大きな結界に包まれたアルム達だ。全員、アルムの張った結界の中で無事だった。

「ヨハネス！　アルム！」

ワイオネルはほっと安堵《あんど》の息を吐《つ》いた。

アルムは近くの地面に着地すると結界を解いた。

地面に下ろされたヨハネスが、駆け寄ってくるワイオネルに顔を向ける。眠ってしまったエルリーを抱いたキサラが息を吐いて、力が抜けたように地面に座り込んだ。

アルムは目をしぱしぱさせて「うぅ～」と唸《うな》った。

ずっと暗い地下にいたから、地上の明るさに目が慣れない。それはアルム以外も同じのようで、皆目を押さえたりこすったりしていた。――一人を除いて。

「ワイオネル様……ぐあっ」

ようやく目が慣れてきたらしく、ふらつきながらも立ち上がりかけたヨハネスに、いきなり起き上がったロージーが体当たりした。

「いっ……！」

ヨハネスが顔を歪《ゆが》めて呻《うめ》いた。ロージーが隠し持っていたナイフでヨハネスの手の甲を切りつけたのだ。

痛みで一瞬手の力が弱まったのか、ヨハネスは握りしめていた聖石をロージーにもぎ取られてしまった。

「――お父様っ！」

ロージーが叫んで聖石を放り投げた。そして、力尽きたように地面に膝《ひざ》をついた。

「やれやれ。本当に無茶をするなあ」

放物線を描いて落ちてきた聖石を受け止めたセオドアが、呆《あき》れたように言った。

「え？　お、お父様って……」

アルムは目を丸くしてセオドアとロージーを見比べた。

「ロザリンド……？」

ロージーに目を留めたワイオネルが愕然《がくぜん》と呟く。ロージーは懐《ふところ》から小瓶《こびん》を取り出すと中身をあおった。真《ま》っ青《さお》だった顔色に赤みが差し、荒い息遣いが穏やかになる。どうやら瘴気に侵された肉体を聖水で回復させたらしい。

「ふう……あら、ワイオネル殿下。お久しぶりですわ」

黒縁の眼鏡《めがね》を外して、三角巾を取り払ったロージーが立ち上がった。日の光の下、露《あら》わになった美しい顔で妖艶に微笑《ほほえ》む。

「ロ、ロザリンド様……？」

「なんだと……」

キサラとヨハネスも驚愕《きょうがく》の表情を浮かべる。

ガブリエル侯爵家の娘ロザリンド。

幼《おさな》い頃、王宮や高位貴族の茶会などで会ったことがある相手だ。二年前まではワイオネルの婚約者でもあった。

「ロザリンド、何故《なぜ》お前がここに」

「囚《とら》われの父を救いに参ったのですわ。娘ですもの」

「ふふふ。嘘《うそ》つきだね。私はついでで、目的はこっちだろう」

セオドアが「こっち」と言って聖石を目の前にかざした。

(ロージー……ロザリンドさんが、元侯爵令嬢?)

ワイオネルが真剣な雰囲気でロザリンド達に向き合っているのを、アルムは興味津々《きょうみしんしん》に眺めた。

(元侯爵令嬢なら、キサラ様やヨハネス殿下とは面識はあったはず……にも関《かか》わらず、二人ともロージーの正体にまったく気づいていない様子だった。薄暗い塔の中で顔はよく見えなかったとはいえ……なんて演技派!)

アルムはきらきらした瞳《ひとみ》でロザリンドをみつめた。

元侯爵令嬢でありながら、雑用係のふりをして監獄塔に侵入し、瘴気に怯《おび》える演技をしていたのだ。すごい根性と演技力だ。

黒縁眼鏡と弱々しい態度をかなぐり捨てた彼女は、元侯爵令嬢にふさわしい堂々とした態度でそこに立っている。

「ヒロインより敵の女幹部が似合いそうかも……敵だったけど途中から味方になるダークヒロインとか」

「ガブリエル。ロザリンド。お前達が、どうして守護聖石を狙《ねら》うのだ？」

ロザリンドにふさわしい役を考えるアルムと、目的を問い詰めるワイオネル。

ロザリンドはすいっと目を細めて冷たい無表情でワイオネルを見据えた。

「この国に、始まりの聖女に護《まも》られる資格などないからですわ」

ロザリンドのいささかの揺らぎもない強い口調に、アルム以外は皆戸惑った。そこに含まれた強烈な怒りに気づいたからだった。

侯爵令嬢が没落したのだから、国を逆恨《うら》みするのは理解できる。だが、復讐心《ふくしゅうしん》だけで、女一人でここまでのことができるものか。闇の魔導師の協力を得、こちらを油断させるために瘴気に身を侵してまで。

「ほらほらロザリンド、怖い顔になっているよ。嫁入り前なんだから気をつけないと」

場の空気に染まらないセオドアがからからと笑って言う。

「仮にも、元婚約者の前なんだから。ねえ、ワイオネル殿下」

「お父様が勝手に決めて、お父様のせいで破棄になった婚約でしょう。知ったことじゃないわよ」

父親の軽口を、ロザリンドは鼻で笑い飛ばした。

「長居は無用よ。引きあげましょう」

用事は済んだとでも言うようなロザリンドに、ワイオネルが眉《まゆ》を跳ね上げた。

「逃げられると思っているのか？」

セオドアとロザリンドを取り囲むように、騎士達がじわじわ距離を詰めている。とうてい逃げられるとは思えないのだが、二人は余裕の態度を崩さない。

もしかしたら、さっきの闇の魔導師が助けに来るかもしれないと思い、アルムは周りに注意を払った。サメの魔導師が現れたら、もう一回勧誘してみようと思う。

闇の魔力を使って逃げようとしても、この場にはアルムがいるから無駄なことだ。

誰もがそう思っていた。

だが、闇を警戒する彼らの前で、セオドアとロザリンドの体がまばゆい光に包まれた。

「なっ……」

まぶしさに怯《ひる》む者達の中で、アルムだけはその光がセオドアの発する魔力だと気づいた。とっさに、キサラの腕の中のエルリーの周りに結界を張り、強烈な光から守る。

「光の魔力を持っていたんですか？」

「ふふふ。意外かい？　私だってシャステルの貴族だったんだよ」

セオドアは愉快《ゆかい》そうに微笑んだ。

「馬鹿《ばか》な。何故、今まで隠していたんだ……？」

ワイオネルが「信じられない」といった表情で呟いた。どうやら、セオドアが光の魔力を持っていることは誰も知らなかったらしい。

聖シャステル王国は光を信仰する国だ。その国の貴族であるセオドアが、何故、光の魔力を持っていることを隠していたのか。

貴族は皆、自分の家に光の魔力の持ち主が生まれることを願ってやまない。神官や聖女にならなかったとしても、光の魔力を持っているだけで尊敬され優遇されるからだ。

「我らガブリエル家の力はシャステルのためにあるのではないのですよ、愚《おろ》かな殿下。ガブリエル家が忠誠を捧《ささ》げたのは、始まりの聖女ルシーアただ一人」

「なに……？」

「これは、シャステルのために与えられた力ではない」

セオドアはことさらに丁重な手つきで聖石を撫《な》でた。

「まあとにかく、聖石はいただいていきますよ。我がガブリエル家の悲願のために」

光の魔力がもてはやされるこの国で、その力を隠し通してきた男の魔力を聖石が何十倍にも膨れ上がらせる。

「では、皆様。いずれまたお会いしましょう」

「待っ……」

ひときわ強烈な光が収まった時、二人の姿は跡形もなく消えていた。

「に……逃げられた？　守護聖石が、奪われた……っ」

ややあって、愕然とした口調で呟いたのはヨハネスだった。

パワハラモラハラ野郎であるヨハネスのあまりに弱々しい声に、アルムはびっくりして目を丸くした。

「す、すぐに取り返さなければ……」

その時、ヨハネスの震える声をかき消すように、門の外からたくさんの人声が聞こえてきた。

「ワ、ワイオネル殿下！　群衆が門の外に押しかけてきています！」


血相を変えた騎士が報告に来る。

突然のシャークネード&シャークレインボー。その後の地震と響き渡った轟音、空にまで舞い上がった土煙。それだけでも「いったいなにが」と不安がっていた王都の民が目にしたのは、巨大な漆黒の蛇が空高く昇っていき光に溶けるように消えた場面。

そのすべてが旧城跡地の壁の向こうから現れているのだ。王都の民が黙っていられないのは当然だった。


「なにが起きているんだ！」

「説明しろ！」

入ってこられないように騎士達が抑えているようだが、騒ぎはどんどん大きくなってくる。

「ど、どうしましょう」

「……守護聖石を奪われたことは、絶対に知られるわけには」

不安そうにするキサラと、眉間《みけん》にしわを刻むワイオネル。

陥没した地面と崩れた瓦礫を見られたら、ここで起きたことを隠し通すことは難しいだろう。アルムにもそれは理解できた。

(誤魔化《ごまか》せばいいんだよね？)

なんだかいろいろあったが、ヨハネスは無事だったのだし自分の役目は終えたとアルムは思う。

とりあえず騒ぎに巻き込まれずに帰宅したいが、そのためには群衆をどうにか納得させてこの場を収める必要がある。

「なにか適当な理由を説明しましょう」

「無理だ。サメが飛んでいった理由と、塔が崩れた理由と、大蛇が昇天した理由のすべてを上手《うま》く説明できるはずがない」

アルムの意見に、ワイオネルはくっと唇を噛んでうつむいた。

「お前達は人目につかないよう、騒ぎに紛《まぎ》れて帰れ。民には俺《おれ》が説明する」

ワイオネルが意を決したように背筋を伸ばし、門の方へ歩いていこうとする。

帰っていいと言われたので帰ろうかと思ったアルムだったが、ヨハネスとキサラがワイオネルを引き留めたので空気を読んでその場にとどまった。

「お待ちください。どうなさるおつもりで」

「俺は国王代理として責任を取らなければ」

「聖石が奪われたのは俺のせいです！　ワイオネル様にはなんの責任もありません！」

「いや、聖石のことだけではないんだ」

ワイオネルは振り向いて跡形もなく崩れた塔の残骸をじっとみつめた。

「神殿と通路、塔まるごとをあっという間に粉々にしてしまう破壊力……まるで伝説の『破壊の竜の角笛』が使われたかのようだ。それほどの力を持つ敵の王都への侵入を許してしまった。民の安全を脅かした俺には、不安に揺れる彼らの前に立つ義務がある」

ワイオネルの言葉に、ヨハネスはぐっと口をつぐんだ。この有様を見れば、民の間に混乱と恐怖が広がるのは間違いない。誰かがその矢面に立たなければならないのだ。

キサラもまた今後起きうる事態を予想して顔を曇らせた。現場に神官と聖女がいたのに破壊を防げなかったのも、民の不信を買うだろう。王家と大神殿の権威の失墜は避《さ》けられない。

暗い未来を想像して沈黙するヨハネスとキサラに対して、アルムはワイオネルの言葉の一部分が引っかかっていた。

（……破壊の竜の角笛？）

アルムの視線がキサラの腕に抱かれているエルリーに自然に吸い寄せられる。エルリーが提《さ》げている赤い喇叭に。

（いやいや、まさかそんな……そういえば、通路の崩壊が始まったのは、エルリーが喇叭を吹いたのと同時だったような……いやいや、偶然だって）

アルムは馬鹿な考えを振り払うように手をぱたぱた振って、小さく「ははっ」と笑った。

「闇の魔王が作ったとされる『世界を滅ぼす力を持つ宝』はこの王国のどこかに隠されていて、魔王の後継者が蘇るのを待っていると噂《うわさ》されているからな。こんな破壊を目撃したら、その噂を思い出して不安になる者もいるだろう」

「ぶっ！　……げほごほっ」

アルムは思わず咳《せ》き込んだ。

（いやいやいや、ありえないから！　噂なんてたいてい眉唾だから！）

しかし、そんなアルムの脳裏によぎるのは、「エルリーの！」とやけに確信を持って宣言していたエルリーの姿。

世界を破壊する闇のアイテムが本当にどこかに眠っているとしたら、それはやはり、目覚めるために強い闇の魔力の持ち主を自らの元へ引き寄せようとするのではないだろうか。

（もし仮に、この惨状がエルリーが喇叭を吹いたせいだとしたら……それを皆が知ってしまったら……）

アルムは嫌《いや》な想像に背筋を寒くした。

「塔を破壊した闇の魔導師はすでに捕らえたことにすれば……」

「いや、偽の証拠を揃《そろ》えるには時間が足りない。民はじきにここになだれ込んでくるだろう」
「我々がここにいる理由も、どう説明すればいいのか……」
「あの！」

真剣に頭を悩ませる三人の会話を、だらだらと冷や汗を流したアルムがさえぎった。

「ひとまずは誤魔化して民を安心させましょう！　細かい話はそれからで！」
「しかし、誤魔化すといっても……」
「私に任せてください！」

闇の魔力のイメージ向上のためにも、ここで塔の破壊やら魔王のなんちゃらやらに関わっていると思われるのはよくない。

（嘘も方便！　平和が一番！）

アルムは全力で真実を隠蔽《いんぺい》することを決意した。

＊＊＊

旧城跡地の門の前に集まった群衆は、はっきりとした説明もせずに自分達を押しとどめる騎士にいきり立っていた。

「なにがあったか教えろ！」

「危険なんじゃないのか⁉」

「俺達に隠すつもりだな！」

不信と不満が最高潮に達して群衆の怒りが爆発《ばくはつ》する寸前、人々の頭上に巨大な透明の箱のようなものが出現した。

突如《とつじょ》、空中に現れたそれの表面には、国王代理である王子ワイオネルの姿が映っていた。彼はどこかの森にでもいるのか、背景にはたくさんの木々が見える。

息をのんで見上げる人々の前で、映像の中のワイオネルが口を開いた。

『皆の者！　騒がせてすまない！　聖シャステル王国第五王子、国王代理ワイオネルだ！』

王都中にワイオネルの朗々たる声が響いた。

『現在、私は旧城の跡地に立っている！　ここには長らく監獄として使われていた塔のみが遺《のこ》され、王都の中に広い敷地を有しているにもかかわらず活用されてこなかった。そこで、滅多に使われることのない塔を取り壊し、この場所を有効活用すると決めた！　轟音と土煙を伴う塔の崩壊に驚いた者は多かろう！　安心してほしい！　塔は無事に取り壊し完了した！』

人々はざわざわとざわめきながらワイオネルの話を聞いていた。塔が崩れたのはどうやら国王代理の指示のもとだったらしいと判明して、民の間に蔓延《まんえん》していた不安が少しだけ和らいだ。

「さっきの土煙はそれでか」
「いや、しかし急な話だな」
「ちょっと待てよ。塔の取り壊しはわかったが、サメと蛇はいったいなんだったんだ？」

国王代理のお言葉とはいえ、にわかには信じられずうろたえる群衆に、ワイオネルがさらに告げる。

『そして、皆が目撃したサメと大蛇についてだが……あれは「イリュージョン」だ！』

「い、イリュージョン？」
ワイオネルの姿を見上げる人々はぽかんと口を開けた。

『知っての通り、私は先日成人の儀を終えた。無事に成人を迎えられた感謝のしるしに、聖女アルムの協力を得て、ちょっとした余興を計画した！　楽しんでもらいたい！』

ワイオネルの口から出た「聖女アルム」の名前に、人々は先程まで感じていた恐怖から解放され緊張を解いた。

「なーんだ。聖女アルム様のお力か」
「アルム様の魔力で幻影を見せてもらったのか」
「確かに、アルム様ならそれぐらいできそうだな」

なんで聖女の見せる幻影がサメと蛇だったのかは謎だが、収穫祭でも巨大な木の根を自由自在に操《あやつ》って悪者を捕まえていた聖女アルムだ。幻影を見せるぐらい朝飯前だろうと王都の民は思った。

『では最後に、聖女アルムから王都の民へ贈り物だ！　皆、受け取るがいい！』

その言葉の直後、ワイオネルの背後の木々にみるみるうちに赤い実がなり出した。まるまるとした実は次々に木から離れて宙に浮き上がると、空を見上げる人々の元へ一斉に降《ふ》り注《そそ》いだ。

「あっ、リンゴだ！」

「リンゴが飛んできた！」

「きゃー、こっちにも来る！」

「そっち行ったぞ！　キャッチしろ！」

聖女印の空飛ぶリンゴを捕まえるのに熱中し出した人々からは、恐怖と不安が完全に消え去っていた。

＊＊＊

「……どうにかなったか」

門の外から聞こえてくる歓声に、ワイオネルがほっと息を漏《も》らした。

アルムの考えた『楽しいことで誤魔化しちゃおう作戦』が、どうやら上手くいったらしい。

「礼を言う。アルム」

「いやあ……」

真摯に頭を下げられて、魔力で生やした木にリンゴを実らせては空に放っていたアルムは目を泳がせた。

アルムとしては、ここで起きたことが詳《つまび》らかになるとエルリーが困ったことになりそうだったので、うやむやにしたかっただけである。

（あの喇叭どうしよう……一応、取り上げた方がいいかな。でも、エルリーは気に入っているみたいだから、泣かれちゃうかも）

アルムは「うーん」と頭を悩ませながら視線を移した。

「あれ？　キサラ様、エルリーは？」

「ああ。目を覚まして、そこで遊んでいるわよ」

眠ってしまったエルリーを抱いていたはずのキサラに尋ねると、彼女は「そこ」と言って木々の間を指さした。

アルムが目をやると、目を覚ましたエルリーはリンゴの木々の下を元気に走り回っていた。

ご機嫌な様子で楽しそうに、手にした喇叭を「ぷ、ぴ、ぽ」と鳴らしながら。

「ああああっ！」

突然声をあげたアルムに、ぎょっとした皆の視線が集中する。

「ど、どうしたの？」

「え、あ、いや……えーと、あれぇ？」

エルリーが喇叭を吹いている。

けれど、なにも壊れる気配はない。

（地下が壊れたのは偶然だったのか……そうだよね。なーんだ、よかった）

アルムはほっと胸を撫で下ろした。

「ん？　そういえば、あの喇叭はなにかしら？　あんなの持ってこなかったはず……」

「えーと……」

首を傾《かし》げるキサラに、アルムはどう説明したものかと苦笑いを浮かべた。

「よし。民がリンゴに夢中になっている間にここから出よう」

門の周りに集まっていた人々もリンゴを追いかけていっただろうと言うワイオネルに従って、旧城跡地を後にすることにした。

アルムはエルリーを抱っこして前を行く三人に続いた。

エルリーは喇叭を「ぷーぷー」吹いているが、やはりなにも起きない。どうやら、アルムの心配は思い過ごしだったらしい。

（ただの喇叭なら、エルリーのおもちゃにしてもいいかな？　後でヨハネス殿下に聞いてみよう）

そう考えながら門をくぐると、城に戻ると言うワイオネルはヨハネスにも一緒に来るように命じた。

罪人として捕らえられていたので、無実の証明と手続きをしてからじゃないと大神殿に戻せないそうだ。

「聖石のことも話し合わないといけないしな……」

聖石を失ったことで誰よりも打ちのめされた様子のヨハネスを見て、その肩の落としようにアルムはちょっとだけ気の毒になった。

思えば、彼はとんでもないパワハラ野郎だったが、自分自身も他人の倍は仕事をこなす熱心で真面目《まじめ》な性格だった。責任感の強さゆえに落ち込みも激しいようだ。

「よーねる殿下、元気ないね？」

エルリーにもそれが伝わったのか、喇叭から口を離して首を傾げている。

（ヨハネス殿下の元気がないから、エルリーが心配しちゃってる）

エルリーの様子を見て、アルムはふむっと口を引き結んだ。

身近にいる人物が落ち込んでいると、エルリーに悪影響かもしれない。

考えてみれば、今回のヨハネスは無実の罪で捕まった被害者なのだ。同情すべきであろう。

（ん～……っ、よし！）

アルムはエルリーを一度地面に下ろして、手のひらを上に向けて念じた。

手のひらから白い光がほろほろこぼれ、徐々に丸い形に固まっていく。

「アルム？　なにをして……」

白い光に気づいたヨハネスが振り向いて、言葉を失った。

目を閉じて集中するアルムの手の中に、明るく輝く塊が作られていく。

ほどなくして、目を開けたアルムの手には真っ白な卵形の石がころんと載っていた。アルムの魔力で作った魔石だ。

「完成！」

アルムは白い石を掲げて微笑んだ。以前、エルリーのために小さい魔石を作ったが、それよりも大分大きいので上手くできるか心配だった。セオドアが持ち去ったのがおそらく守護聖石なのだろう。アルムはちょっとしか見なかったが、たぶんこんな感じだったはずだ。

のんきに喜ぶアルム以外の面々《めんめん》は、呆然としてほのかに輝きを放つ魔石をみつめていた。

敵に奪われた守護聖石とほとんど同じものを、目の前の少女があっさり作ってしまったのだ。なんと言っていいか、言葉にならない。

「ヨハネス殿下、はいこれ。あげます」

アルムはほけっと立ち尽くすヨハネスの手に、無造作に魔石を載せてやった。始まりの聖女が遺した守護聖石のような貴重なものではないが、お守り代わりにでもしてくれという気持ちだった。

「元気出してください」

自分に関わらないところで元気に頑張ってほしいという想《おも》いを込めて、アルムは励ましの言葉を贈った。

ふんわりと優しく輝く魔石を受け取ったヨハネスは、しばらく硬直した末にどばっと涙をあふれさせた。


「……しゅきっ‼」


弱っていたところを好きな子に優しくされて感極まった男はあっさりと語彙《ごい》力を喪失した。

「……ここで口説《くど》き文句《もんく》の一つもキメられないから駄目《だめ》なんですわ、この王子」

アルムの優しさに感激するのはいいが、興奮を抑えてきちんと感謝と賞賛と愛情を伝えられるようになるまではやはり教育が必要だと、キサラは脳内で『更生プログラム』の新カリキュラムを組み立て始めた。

「さて、じゃあ帰りましょう」

だくだくと涙を流すヨハネスにくるりと背を向け、アルムはエルリーを抱き直して歩き出そうと

した。

そのアルムの前に、何者かが走り出た。

「聖女アルム……覚悟しろ！」

顔を覆面で隠した男が、剣を振りかぶって向かってくる。

アルムが目を見開くのと、「ぷあーんっ！」と高い音が鳴り響いたのと、今まさに振り下ろされんとしていた剣の刃が破裂したように四散したのとは、ほとんど同時だった。

刃を失いいきなり軽くなった柄《つか》を握ったままの男が、勢いを止めきれずに前に倒れ込んだ。

「取り押さえろ！」

「アルム！　無事か！」

ワイオネルが近衛騎士に命じて男を捕まえ、ヨハネスとキサラが駆け寄ってくる。

アルムはその場に立ち尽くしたまま視線を落とした。

アルムの腕の中では、怒った表情のエルリーが喇叭を口に当てたまま、取り押さえられた男を睨んでいた。

第七章　元聖女アルムの大ピンチ

塔が崩壊し、王都の空を昇る大蛇《だいじゃ》の姿が王都の民に目撃されていた頃、アルムの兄、ダンリーク男爵家当主ウィレムは父兄会から帰宅し戦の準備を始めていた。


男には戦わなければならない時がある。

ウィレムは決意を固めた表情で使用人達を振り返った。

「では、行ってくる」

「ご無事のお帰りをお待ちしております」

「旦那《だんな》様！　ご武運を！」

執事のマークと侍女のミラに見送られ、ウィレムは今しも戦場へ赴かんとしていた。

目指すは可愛《かわい》い妹を奪い去った憎き男の待つ監獄塔だ。


「ヨハネス・シャステル……『囚《とら》われ』などというあざとい属性を見せつけてアルムの関心を得ようなど卑怯《ひきょう》な真似《まね》を……許さん、許さんぞぉっ！」

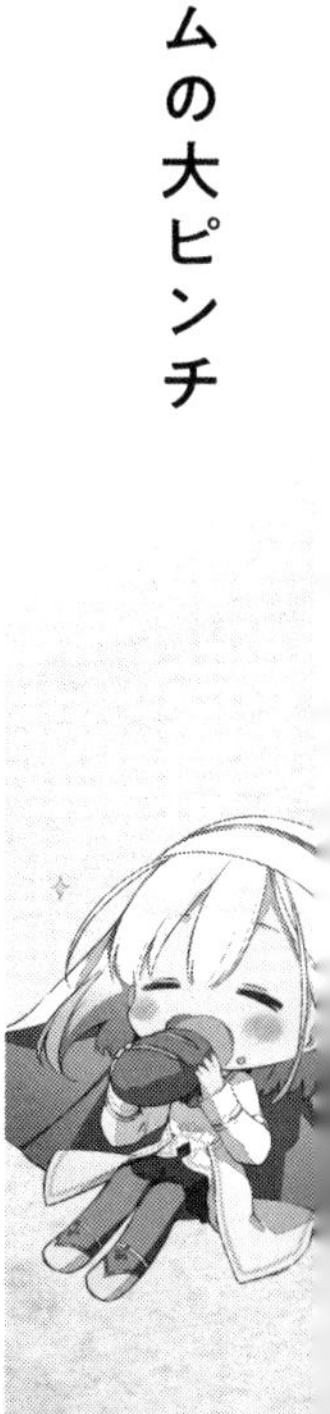

ウィレムは拳《こぶし》を握りしめ、囚われの王子にまんまとおびき寄せられた妹を必ずや取り戻すと心に誓った。

デローワン侯爵から聞かされた『囚われ』の恐ろしさ。にわかには信じられなかったが、いまだにアルムが帰宅していないのが侯爵の話に信ぴょう性を持たせている。アルムなら、結界など一瞬で張ってしまえるのだ。塔に上って結界を張って帰ってくるだけなら、こんなに遅くなるはずがない。

間違いない。ヨハネスが『囚われ』の身であることを利用して、純粋無垢《むく》なアルムの同情につけ込んで引き留めているのだ。許されざる所業である。

「俺《おれ》は必ず『囚われ』を打ち倒す。連中の好きにはさせない！」

屋根裏部屋から引っ張り出してきた長剣（十四歳の時に闇《やみ》の組織と戦うために街の金物屋で購入した魔を滅する宝剣エセルバード）を背負い、ウィレムはきっと前を見据えた。黒歴史に足が震えそうになるが、武者震いだと自分に言い聞かせた。

「待っていろアルム！　今行くぞ！」

自らを奮い立たせ、ウィレムはエントランスの扉を開け放ち、塔のある北東の旧城跡地に向かおうとした。

だが、ウィレムが家から一歩踏み出したその時、不意に周囲の物陰から複数の男達がさっと飛び出してきた。彼らは一息に距離を詰めてきて、ウィレムにナイフを突きつけて家の中に押し戻した。

「旦那様！」

使用人達が叫《さけ》ぶ。

「動くなよ……聖女アルムの兄はお前だな？」

首筋に当てられたナイフの刃の冷たさに、ウィレムは眉《まゆ》をひそめた。

＊＊＊

「地下室の隠し部屋でみつけた喇叭《ラッパ》……ね」

大神殿に戻るキサラとエルリーについてきたアルムは、エルリーがみつけた喇叭について聖女達に相談した。

地下が崩壊したのは偶然かと思ったが、アルムを狙《ねら》って振り下ろされた刃《やいば》が粉微塵《こなみじん》になった時もエルリーは喇叭を鳴らしていた。

「でも、喇叭を鳴らしてもなにも壊れない場合もあるんでしょう？」

「やはり偶然じゃないかしら」

お茶とお菓子《かし》をもらってゆったりソファに座っているエルリーを見て、メルセデスとミーガンも首をひねる。

「でも、ただの喇叭とは思えないんです……」

アルムはへにゃりと眉を下げた。エルリーが自らみつけ出し、己《おのれ》のものだと主張する姿を見ているため、あの喇叭がただのがらくたであるとは信じられない。

「まさか伝説の品がそう簡単にみつかるとも思えないけれど……エルリー、ちょっといいかしら」

アルムの訴えを聞いたキサラが、半信半疑な様子でエルリーの前に屈《かが》み込んだ。

「あのね、剣が粉々になった時のこと覚えている？」

「うん！」

エルリーは口いっぱいに頬《ほお》ばったクッキーを飲み込んでから元気に返事をした。

「あの時、エルリーはどうして喇叭を吹いたの？」

「んっとね、あーるぅに当たったらイタイイタイだから『めーっ』って思ったの」

エルリーが答える。

「アルムが痛い思いをしないように『そんなことしちゃ駄目《だめ》』って気持ちで喇叭を吹いたのね？」

キサラの確認に、エルリーがこくこく頷《うなず》いた。

「じゃあ、地下が壊れた時のことは覚えている？　壊れる前に喇叭を吹いたことは？」

「んー……あーるぅのとこ行くのに、壁があって行けなかったの。だから、やだったの」

エルリーの話を聞いたキサラは「なるほど」と呟《つぶや》いて立ち上がった。

「おそらくだけれど、エルリーが無意識にでも『なにかを壊したい』と思って吹いた時にだけ、破壊の力が働くのではないかしら」

キサラの意見はこうだ。アルムの元へ行きたくて壁が邪魔《じゃま》だった時、アルムを狙った剣の刃を拒絶した時、いずれもエルリーの感情が高ぶった状態で喇叭を吹いている。

楽しそうに吹いている時にはなにも起きなかったのだから、エルリーが危機を感じたり苛立《いらだ》った状態で喇叭を吹いた場合にのみ、その感情に応じて破壊が行われるのではないだろうか。

「そんな……」

キサラの推測を聞いたアルムはごくりと息をのんだ。

「ということは、もしもエルリーが成長して反抗期を迎えて、青春の衝動に任せて『くだらねえ世の中なんざぶっ壊してやるぜ！』と言って夜の街に繰り出しては喇叭を吹き鳴らすようになったら大変じゃないですか！」

「そんな風になるような育て方はしないつもりだけど……まあ、そうね。危険ではあるわね」

アルムの言う未来予想図を思い浮かべたわけではないだろうが、キサラも眉を曇らせた。

「じゃあ、取り上げましょうか？」

メルセデスが提案するが、アルムはそれは気が進まなかった。エルリーが気に入っている様子なのもあるが、地下通路で正確な場所をみつけ出したのを見る限り、下手《へた》な場所に隠してもすぐにみつかるとしか思えない。

それに、まるでエルリーが訪れるのをずっと待っていたかのような喇叭をエルリーから遠ざけたら、なにかよくないことが起こりそうな気がする。喇叭がエルリーを求めて自らの元へおびき寄せようとするのではないか。地下通路の時と同様に。


「でも、どこかに隠すのも……それこそ闇の魔導師に盗まれでもしたら……」

ミーガンが不安そうに言う。キサラ達も同意して溜《た》め息《いき》を吐《つ》いた。

「これは私達では判断できないわ。ヨハネス殿下が戻ってきたら説明して、ワイオネル殿下と話し合って決めてもらいましょう」

「そうですね」

とりあえず結論はいったん保留にして、アルムはいそいそと帰り支度を始めた。

いろいろあったせいで帰るのが遅くなってしまった。兄が心配しているかもしれない。

（塔を上ったり地下を歩き回ったりして、さすがにへとへとだし、帰ったらベンチに寝っ転がろう）

アルムは疲労の溜まった体を伸ばして「んーっ」と唸《うな》った。

＊＊＊

ヨハネスの無実を証明するに当たって、真犯人である闇の魔導師とロザリンド・ガブリエルのことを報告書にまとめなければならない。

だがしかし、連中の狙いがなんだったのかをそのまま書くわけにはいかない。

守護聖石が狙われていた上に、まんまと奪われてしまったなどと記録に残すわけにはいかないのだ。少なくとも、表の記録には。

幸い、ワイオネルが暗殺されかけたことも、ヨハネスがその犯人として逮捕されたことも、民には伝えられていない。

「ロザリンド・ガブリエルは、父を監獄塔から救い出すために闇の魔導師を雇い、王家に復讐《ふくしゅう》するために俺に刺客を送り、その罪をヨハネスになすりつけた……この内容でそれらしく作るしかないな」

ソファに腰掛けたワイオネルが物憂《ものう》げに嘆息《たんそく》した。

執務室ではなくワイオネルの私室にて、兄弟二人で事前に口裏を合わせるための話し合いをしている。

すぐに宰相や他の官吏どもが怒鳴《どな》り込んでくるだろう。あまり時間はない。

「クレンドールには辺境でガブリエル家を監視していた者を調べさせるか……」

ワイオネルは眉間《みけん》にしわを刻み込んで呟いた。

そもそも、二年前にガブリエル家の不正を糾弾《きゅうだん》したのはクレンドールだ。罪状は、隣国へ資金を送ったり情報を流していた国家反逆罪。

セオドア以外の一族の者は辺境の流刑地《るけいち》へ追放。当主セオドアは監獄塔送りで処刑を待つ身の上。

ガブリエル家が没落した時、ワイオネルはまだ国王代理ではなかったため、詳しい報告は聞けなかった。しかし、セオドアが隣国と繋《つな》がっていたことは確かで、証拠となる書類もあった。

「……光の魔力を持つ貴族が、何故《なぜ》シャステル王国を裏切るんだ？」

セオドアの動機がいくら考えてもわからず、ワイオネルは眉間のしわを深くした。

「闇の魔導師が協力していたのも不思議ですね……」

ヨハネスもシンの姿を思い浮かべて言った。

闇の魔導師にとっては、光の魔力を持つシャステルの王侯貴族は憎むべき相手のはずだ。

「そもそも、なんのために守護聖石を狙ったのか、残る四つの守護聖石をも狙っているのか、突き止めて阻止しなくては」

そう言うと、ワイオネルは先程のものよりも重たい溜め息を吐いた。

「まったく、戴冠式の準備もあるというのに、時間が足りないな」

「まったくです」

ヨハネスも深々と頷いた。

「ところで、ヨハネス。それはどうするつもりだ？」

不意にそう尋ねられて、ヨハネスは首を傾《かし》げた。

「はて？　それとは……」

「お前が懐《ふところ》に入れているものだ！」

あさっての方を向いてとぼけるヨハネスに、ワイオネルがびしっと指を突きつける。

ヨハネスは懐の塊を服の上からぎゅっと握りしめた。

「どうするもこうするも、これはアルムが俺にくれたものなので……」

「奪われた守護聖石の代わりにと言って作ってくれたんだろう。安置する場所を決めなければ」

「ご心配なく！　大神殿でしっかりと保管します！　大神殿以上に安全な場所はありません！」

ヨハネスは顔をきりっと引き締めて力説した。彼はアルム製の魔石を自分の部屋に飾っておく気満々である。

これさえあれば、どんなに聖女どもに虐《しいた》げられようとも元気でいられる気がする。

「魔石は、作った者の望みや魔力の質で効果が変わります。これにどんな効果があるかは調べてみないとわかりませんが、見た目は守護聖石とほぼ同じです。アルムの魔力ですから、もしかしたら守護聖石に劣らぬ力がこもっているかもしれません」

「そうか……」

上機嫌なヨハネスに対して、ワイオネルは深刻な表情で考え込んだ。

「アルムはずいぶん簡単に魔石を作ったように見えた。伝説では、始まりの聖女ルシーアも大聖女ミケルも、魔力と命を削って魔石を遺《のこ》したとされている……もしも、アルムが命がけで魔石を作ったら、それは世界を揺るがすほどの力を持つかもしれないな」

決して大袈裟《おおげさ》とは思えない想像を口にしたワイオネルが、恐れるように語尾を震わせた。

それを聞いたヨハネスはきょとんとした。

アルムが命をかけなければならないような事態を、想像することができなかったからだ。

アルムが命をかけなければいけないほど追いつめられるということは、少なくとも世界が滅亡する一歩手前ぐらいにはなっているだろう。


（アルムは命がけで魔石を遺す必要なんてないさ。命なんてかけなくても、十分すぎるほどに奇跡を起こしているんだから）

ヨハネスはまるで自慢するように「ふふん」と胸を張った。


そろそろ皆集まってくる頃だろう。塔で起きたことを臣下に説明して指示を出さねばならない。

ワイオネルは重い腰を上げた。私室に怒鳴り込んでこられるより、執務室で質問攻めにされる方がマシだ。

「行くぞ、ヨハネス」

「はい……あ、すいません。あと一つ、聞いておきたいことが」

先に立って扉を開けながら、ヨハネスはワイオネルに尋ねた。

「砂漠の民が収穫祭を襲ったのは、偶然か闇の魔導師にそそのかされて利用されたのか、どちらなんでしょう」

「それもこれから詳しく調べるが、どちらにせよ原因は砂漠の暮らしが過酷なせいだろう。特に、今年は雨が少なかったらしい」

執務室に向かって廊下を歩きながら、ワイオネルが重い口調で言った。

「国王代理になったばかりで忙しくて手が回らなかったなどと、言い訳にすぎないな……砂漠に生きる流浪の民とてシャステル王国の民に変わりはない。今後は食いつめて盗賊に身をやつす前に手を差し伸べよう」

反省を口にするワイオネルの一歩後ろを歩くヨハネスは、王国が抱える問題の多さに肩をすくめた。

二人が角を曲がろうとした時、背後からワイオネルを呼び止めた者があった。

「失礼いたします、ワイオネル殿下。先程捕まえた男のことですが」

アルムを襲った男のことだ。連行した騎士に「なにかわかったら報告しろ」と命じていたため、急いで伝えに来たのだろう。まだ若い騎士はワイオネルの前で直立不動で報告を始めた。

「あの男は砂漠の民の一人でした。収穫祭を襲った仲間が捕まったので、仲間を捕まえた聖女アルム様を恨《うら》んでの犯行です。また、聖女アルム様を人質に取って仲間の釈放を要求するつもりだったようです」

「逆恨みか」

ヨハネスは苦い表情で漏《も》らした。

「は。逆恨みですが、砂漠の民はとても結束が強く、仲間を決して見捨てないと聞いたことがあります」

騎士が真面目《まじめ》な表情で言った。

過酷な地で暮らす少数民族は、結束を強くしなければ生き残れないのだろう。

「他にも仲間がいるのか聞きましたが、それはまだ吐きません。お二人もお気をつけください」

「砂漠の民には王宮や大神殿を襲うほどの力はないだろう。街で騒ぎを起こされないように、しばらくは王都の見回りを強化するか……」

ワイオネルが溜め息交じりに言うのを聞いて、ヨハネスもこっそり溜め息を吐いた。

(早く大神殿に帰りたい……できればアルムの顔を見たいが、もう家に帰ってしまっただろうな)

＊＊＊

大神殿の馬車で送ってくれるというので、アルムは先に外に出て御者が来るのを待っていた。

(帰ったらお兄様に塔でのことを報告して、ミラにお茶を淹《い》れてもらって、ベンチに寝転んで……

喇叭のこととかダークヒーローのこととか、考えることがたくさんあるなあ)

そんなことを考えていると、エルリーとキサラが外に出てきてこちらへやってきた。

「エルリーがまだアルムと話したりないみたい。男爵家まで一緒に行くわ」

言われてみれば、塔の中ではエルリーとあまり話せていなかった。もちろんアルムは了承して、三人で馬車の中でおしゃべりしながら男爵家へ向かった。

「あれ？　あんまり人がいませんね」

平民街ほどではないが普段はそれなりに騒がしい下位貴族の居住地だが、道行く人や庭で洗濯物を干すメイド達などの人の姿が見当たらない。男爵家の前で馬車から降りたアルムはそのことに首を傾げた。

「ああ。たぶん、王宮前広場に集まっているのでしょう。皆で聖なるリンゴを持ち寄って大鍋でジャムを煮ているらしいわ。『聖女アルムのジャム煮会』ですって」

「そんな会、主催してないのに……」

なにやら勝手な催し物が行われているらしい。アルムは口を尖《とが》らせて玄関の扉を開いた。

「ただいま帰りました！　お兄さ……」

家の中に入ったアルムは、目の前に広がる光景に声を失った。男爵家に仕える使用人達が、数人の男達によって縛り上げられ床に転がされていた。

「アルム様！　お逃げくださいっ……」

そう叫ぶミラを、男の一人が床板に押さえつけた。

「聖女アルムだあ？　なんでこっちに帰ってくるんだよ……チッ。あの野郎、しくじりやがったな」

男は低い声で唸るように言って、ぎろりと濁った目でアルムを睨《にら》みつけてきた。

「妙な術は使うんじゃねえぞ。男爵はこことは別の場所に運んだ。俺達が戻らなかった場合は、仲間が男爵を殺す」

アルムはひゅっと息をのんだ。あまりのことに頭の中が真っ白になりそうで、事態をのみ込めない。

「おい、扉を閉めろ。妙な真似をしたらこいつらを一人ずつ殺していくぞ」

アルムの後ろにいたキサラが顔をこわばらせて玄関の扉を閉める。エルリーがアルムの足にひしっとしがみついた。


「聖女アルムよ。収穫祭ではよくも俺の仲間達を捕まえてくれたな？」

男が手にしたナイフをくるくる回しながらそう言った。

（収穫祭――砂漠の盗賊の仲間？）

背中にじわりと汗がにじむ。仲間を捕まえられたことを逆恨みして、ウィレムを人質に取ってアルムを始末しにきたということか。

アルムはそう考えたが、男の要求は違っていた。

「俺の仲間達を解放しろ。俺達が無事に砂漠に帰るまで誰《だれ》も追ってくるな。そうしたら、男爵を返してやる」

「な……なんで私にそんなことを？」

アルムは困惑して眉をひそめた。犯罪者の釈放など、アルムの一存で叶《かな》うわけがない。仲間を取り戻したいのなら、牢獄《ろうごく》を襲って脱獄させるか、あるいはもっと上の立場の人間と交渉するべきだ。盗賊達がどこに送られたのかアルムは知らないが、おそらくは王都の外の森の中にあるイローバス監獄に収容されているのではないだろうかと思った。

戸惑うアルムに、男は舌打ちを繰り返しながら言った。

「あいにく、監獄を襲えるほどの力はねえんだよ俺達には。だから、聖女様から王子に取りなしてもらおうってわけだ。この国では聖女様はなにより大切にされるんだろう？　おねだりの一つや二つ聞いてもらえるんじゃねえのか」

計画では、彼らの仲間の一人がアルムに死なない程度の深手を負わせ、妙な術を使えない状態にした上で人質に取り「男爵を無事に返してほしければ」と脅して、国王代理ワイオネルに仲間達の解放を訴えさせるつもりだった。

聖女を人質に取れば、国王代理とて無視はできまいと考えたからだ。

だが、どうやら仲間はしくじったらしく、アルムは何事もなくこの家に帰ってきた。

「計画変更だ。お前達、何人かついてこい。残りは先に王都から出ていろ」

男が命じると、縛られた使用人を見張っていた男達が動き出す。アルムとキサラは後ろ手に縛られ、背中にナイフを突きつけられて無理やり歩かされた。エルリーは男の一人に抱えられている。

「お前は王城へ行って、国王代理に俺達の要求を伝えろ。日没までに仲間達を解放して王都の外に出せ。追っ手を差し向けたらアルムとこのガキを殺すぞ」

男が冷酷な口調でキサラに命じた。

（……お兄様がどこにいるかわからないうちは、言うことを聞くしか……）

アルムは唇を嚙《か》んだ。兄を人質に取られている上に、キサラとエルリーが一緒にいては無茶な真似もできない。おとなしく従うほかなくて、アルムはのろのろと玄関から出た。

キサラとエルリーを待っていた御者が、拘束されて出てきた三人を見て仰天《ぎょうてん》する。キサラを乗せて王城へ行けと男に命令された御者は青ざめた表情で頷いた。


（どうしようどうしよう……なにかいい方法は）

キサラを乗せた馬車が遠ざかるのを見送りながら必死に頭を働かせるアルムの背後で、男が仲間に声をかけた。

「おい、それは捨てておけ。万一、吹き鳴らされでもしたらかなわねえ」

「へい。――おい、寄越《よこ》せ」

アルムが振り向くと、エルリーを捕まえている輩《やから》が強引《ごういん》に喇叭をもぎ取るところだった。嫌《いや》がるエルリーから奪った喇叭を、庭に放り捨てる。

「あ～！」

エルリーが悲しげに手を伸ばすが、喇叭は地面に落ちてがしゃんっと音を立てた。

「よし。俺達もとっとと王都から出るぞ」

『……ぅ……』

男の声に被《かぶ》さるようにして、なにか音が聞こえた気がした。

『……ぅぉ……ぅう……』

再び聞こえた不明瞭な音に、アルムは顔を上げてきょろきょろ辺りを見回した。唸り声のようなその音は、少しずつ大きくなっていく。

「な、なんだ?」

男にも聞こえたのか、怪訝《けげん》そうに眉根《まゆね》を寄せている。

『ぉぅお……うぅおぉ……ぅおるるるるぅぅうっ』

音は確かになにかの生き物の声のようだった。皆、左右を見回して音の出所を探していたが、ほどなく、全員の視線が庭に向けられた。

『ぅぉるるぅ……ぐるるるるるっ！』

地の底から響くような唸り声が聞こえたと思った次の瞬間、なにかが庭から空へと高く飛び上がった。

上空に姿を現したのは、牛三頭分くらいの大きさの赤い竜だった。

『ぐおぉっ！』

竜は一声吠《ほ》えると、まっすぐにこちらに向かって急降下してきた。

「「ひぃぃっ⁉」」

男達は腰を抜かして必死に逃げようとずりずり後ずさった。

竜はアルム達の前でぴたりと止まると、長い首を伸ばしてエルリーの胸元《むなもと》に鼻先を近づけた。

エルリーはきょとんと目を丸くして竜を見上げている。

『くるる……』

先程の唸り声とは違い、甘えるような鳴き方をした後で「ぽんっ」と音を立てて竜の姿が消えた。

――いや、消えたのではなく、大きな赤い竜は小さな赤い喇叭に姿を変えて、エルリーの手のひらの上にぽとりと落ちた。

一部始終を目撃したアルムは、さすがに驚いて声をのみ込んだ。

喇叭が竜に変わり、竜が喇叭に変わった。

（破壊の竜の角笛……）

エルリーの手の中に戻った喇叭は唸り声をあげることもなくしんとしている。

（エルリーから離された途端に竜の姿になった……エルリーから離されまいとしているの？）

強い自我を感じさせる現象に、アルムはなんと言っていいかわからなかった。エルリーはさして驚いた様子も見せず、ぱちぱち目を瞬《しばた》かせた後で喇叭を元のように肩に提《さ》げた。

「な、なんだったんだ……」

呆然《ぼうぜん》と呟く男の声ではっと我に返ったアルムは、地面から木の根を出して腰を抜かした男達を拘束した。

木の根を操《あやつ》って手を縛る縄も外し、ほっと息を吐いたアルムの耳に、不意にざわめきが届いた。

「今のはなんだったんだ？」

「巨大な鳥か？」

「いや、竜みたいに見えたぞ」

遠くの方から人が集まってくる。銘々に手に瓶《びん》を持っているので、どうやらジャム煮会から帰ってきた人々のようだ。

「竜なんていいるわけないだろ」

「あれは絶対に竜だった！」

「俺も見たぞ！」

どんどん集まってくる人々を見て、アルムはあたふたと焦《あせ》った。竜を目撃した人をどうにかして誤魔化《ごまか》して、帰ってもらわなければ。

（見間違いで押し通すか⁉　それとも、鳥だったことにする⁉）

「あ、アルム様だ」

「アルム様！　今の竜はいったい？」

アルムに気づいた人々が尋ねてくる。

「い……」

追いつめられたアルムは、とっさにこう叫んだ。

「イリュージョンですっ!!」

胸を張ってびしっとポーズを決めたアルムに、王都の人々は目をぱちくりした。

「なんだ。そうだったのか」

「アルム様なら不自然じゃないよな」

「よかったよかった」

集まりかけていた人々はアルムの一言に納得してきびすを返し、それぞれの家へ帰っていく。

王都の民、訓練されすぎである。


「……はああ〜」

息を吐いて脱力しそうになったアルムだったが、まだ気を抜いてはいけないと思い直して背筋を伸ばした。

(お兄様を助けなきゃ!)

アルムは拘束した男に駆け寄ると、兄をどこに隠したのかを尋ねた。

「へっ……教えてほしけりゃ、この木を消して俺らを解放しな」

竜を見て腰を抜かしたことを忘れたかのように強気で吐き捨てる男に、アルムはすいっと目を細めた。

「お兄様の居場所を教えないと……こうだーっ！」

「へ？　うわあっ！」

アルムの意志に従って、木の根が男の足を持ち上げて宙吊《ちゅうづ》りにする。

「絶対に吐かせる！」

その後、アルムは男が正直に吐きたくなるまで、空中で男の体をぐるぐると振り回し続けたのだった。

＊＊＊

王都の目抜き通りはいつも活気にあふれている。店からは威勢のいい呼び込み、通りのあちこちから笑い声、少し低い位置を駆け抜けていく子供達の歓声。

聞こえてきた笛の音に顔を上げると、路地《ろじ》の一角で人形劇が始まっていた。

「こうして、光の勇者は不思議な力を持つ乙女《おとめ》と出会ったのです」

初代国王と始まりの聖女の出会いから始まる建国神話。腐るほどに繰り返された陳腐《ちんぷ》な物語。

あの間抜《まぬ》けな人形を闇の炎で燃やしてやったら少しはすっきりするだろうか。そんな考えが頭をよぎったが、すぐに「馬鹿馬鹿《ばかばか》しい」と打ち消した。

「レイク。この王都名物・聖女団子《だんご》、結構いけるぞ。味はチョコとイチゴとバナナとクリームの四種類だそうだ」

「急にいなくなったと思ったら……のんきに買い食いしてないで、とっとと帰りますよ」

人ごみの中からふら〜っと現れた上司に、レイクは顔をしかめて言った。

「人形劇を観《み》ていたのか?」

「観てません」

「ふふふ。お前のことだから『馬鹿馬鹿しい』と思っていたんだろう?」

たやすく言い当てられて、レイクは口を尖らせて顔をそらした。そんな態度を見て、シンは愉快《ゆかい》そうに肩を揺らした。

「今回は全部上手《うま》くいって、ガブリエル家も守護聖石を手に入れて満足して去っていったんだ。お前も少しは嬉《うれ》しそうな顔をしなさい」

「……あんな連中、捕まろうが逃げおおせようがどうでもいいですよ」

嫌そうに言って、レイクは歩き出した。

「おおい。待ちなさい」

団子を飲み込んでから追いかけてきたシンに、レイクは不機嫌さを隠さずに尋ねた。

「あの連中がまたなにか頼みに来たら、受けるおつもりですか?」

「ん～、内容によるな」

「あの連中も、シャステルの貴族であることに変わりはないのに……」

光の魔力を持つ者も、それをありがたがり崇拝する者も、のんきな顔で光を慕い闇を嫌う者も、レイクにとっては憎むべき敵だ。いや、レイクだけではなく、大方の闇の魔導師にとっては。

「まあまあ。ガブリエル家と我々は、動機は異なるが目的は同じなんだ。こっちも利用できそうな時は遠慮なく使ってやろうじゃないか。今回のことで恩も売れたしな」

シンはからからと笑った。

「あの胡散臭《うさんくさ》い男が恩返しなんかしますかね」

「返してもらえないなら力尽くで取り戻せばいいさ。あの連中も我々も、どんな手を使ってでも目的を果たすと――聖シャステル王国を崩壊させると決めているのだから」

そう言うと、シンがぱちりと指を鳴らした。

背後で悲鳴があがり、動揺のざわめきが広がった。

「なんだ⁉」

「突然、勇者の人形がはじけ飛んだ！」

「どうなってる⁉　闇の魔導師の仕業《しわざ》か？」

「誰か神官を呼んでこい！」

楽しい声に満ちた活気ある通りが一瞬で不穏な空気に変わった。

変えた男は何事もなかったように「さあ、帰ろうか」と部下に向かって微笑《ほほえ》んだ。

＊＊＊

「うーん……むにゃむにゃ……ダークヒーロー……さめ……KAMABOKO……」

「ふははははは！」

「ふにゃ？」

庭のベンチで読書しながら寝落ちしたアルムは、玄関の方から聞こえる暑苦しい笑い声で目を覚ました。

「邪魔するぞ！」

「勝手に入ってくんな！」

「ここにいたかアルム！」

力強い足音と兄の怒鳴り声の後で、大荷物を抱えたがたいのいい男が庭に入ってくる。

筋肉王子ことガードナーはのしのしと近寄ってくると、アルムの向かいの椅子《いす》に勝手に腰を下ろした。

「今日はワイオネルに頼まれてきた！　先日の件における働きへの礼の品だ！　受け取れ！」

抱えていた荷物をどかどかとテーブルに下ろされ、アルムは目を丸くしながらベンチから身を起こした。

「なんですかこれ」

「ワイオネルから感謝と愛を込めて贈られた宝石やドレスだ！」

「持って帰ってください」

要らんそんなもの、と迷惑そうに顔をしかめるアルムを見て、ガードナーは胸を反らして大笑いした。

「そう言うと思ってな！　ちゃんとアドバイスしておいたぞ！　アルムはそんなもの喜ばんとな！」

「じゃあ、これは？」

「王宮御用達の商人に厳選させたおもしろい物語、冒険小説、他国の翻訳小説、鍛えるべき筋肉読本、近隣諸国の文化とグルメの紹介本、それからこれは観たがっていた舞台のチケットだ！」

アルムは差し出された封筒を受け取って「おお」と目を輝かせた。この前、お茶をした時に「人気でチケットが取れないらしい」とこぼしたのを覚えていてくれたようだ。

それから、積み上げられた包みは全部書籍らしい。一部興味のない分野も混じっていたが、売ることもできない宝石や着ていく場所のないドレスをもらうより遥《はる》かにうれしいプレゼントだ。

「その他にも欲しいものがあったら聞いてこいと言われたが、アルムは褒美《ほうび》をもらうより放っておかれる方が喜びそうだものな！　安心しろ！　ワイオネルもヨハネスも寝る間もないほど忙しそうで、しばらくはアルムにかまう余裕もないだろう！」

一年間一緒に働いていたヨハネスよりも、熱心に求婚してくるワイオネルよりも、無神経そうな脳筋王子の方がアルムのことを理解しているような気がする。

「ガードナー殿下は忙しくないんですか?」

「俺は旧城跡地で瓦礫《がれき》の撤去を手伝っている! 今日もこの後向かう予定だ!」

なるほど。筋肉を有効に使っているらしい。

先日の出来事の後始末で、現在の王城は猫の手も奪い合いになるほどの忙しさだそうだ。

数日前のあの日、男からウィレムの居場所を聞き出したアルムは、ワイオネルの到着を待たずに兄を助けに向かった。ウィレムは平民街の倉庫に隠されており、キサラから話を聞いたワイオネルが近衛《このえ》騎士団を率いてダンリーク家を訪れた時には、兄を捕まえていた連中を木の根でぐるぐる巻きにしたアルムが帰ってくるところだった。

ウィレムは「『囚われ』を成敗するつもりが、俺自身が『囚われ』になるとは……」とぼやいていたが、ひどい怪我《けが》はなく、アルムはほっと胸を撫《な》で下ろした。

「いろいろあったけど、皆無事に済んでよかったです」

ヨハネスの無実も証明されて、彼は大神殿に復帰できたそうだ。それから、あの喇叭については、当面はエルリーが所持していていいことになった。

エルリーが肩から提げている分には喇叭はなんの変哲もないただの喇叭にしか見えず、たまにエルリーが「ぷーぷー」鳴らしてもなにも起こらない。

エルリーから離した場合、また竜が出現する可能性もある。現状、エルリーが持っているのが一番安全なのではないかと判断されたのだ。

(得体の知れない喇叭だけど……エルリーがいい子だから大丈夫だよね！)

エルリーが「世の中を破壊したい」とでも思わない限り、喇叭は脅威にはならないはずだ。アルムは楽しそうに喇叭を吹くエルリーを思い浮かべて頷いた。

瓦礫撤去に向かうガードナーを見送った後、アルムはもらったチケットを手に「ふん♪　ふん♪」と鼻歌を歌いながらウィレムの元に向かった。

「お兄様！　一緒に観劇に行きたいです！」

可愛い妹の「やりたいこと」は全力で叶える所存のウィレムからは二つ返事でＯＫをもらい、アルムは喜びを隠さずににっこり笑った。兄も「楽しみだな」と微笑んで頭を撫でてくれた。

「それで、どういう劇なんだ？」

「はい！　闇の女王にさらわれた囚われの王子を助けに行く少女が主人公で……」

「囚われの王子、だと……？」

何故か急に真顔になった兄に首を傾げつつ、アルムは「楽しみだなー」と明るい笑顔で呟いた。

完

番外編
理想のダークヒーロー会議

このところヨハネスは忙しく、大神殿と王宮を行ったり来たりする生活を余儀なくされているという。

そのため、アルムは安心して大神殿を訪れてエルリーと過ごすことができていた。

今日もまた、ヨハネスの影に怯《おび》えることなくエルリーと並んでお絵かきしていたアルムは、完成した絵を眺めて「うーん」と唸《うな》った。


「アルム、どうしたの？」

ちょうどお勤《つと》めから戻ってきたキサラが尋ねてくる。

「上手《うま》く描けなくて……黒いマントを羽織って、黒いツノがあるとかっこいいかなーと思ったんですけど」

「その絵は、あの黒い害ちゅ……台所とか部屋の隅とかに出没する感じの御方を描いたのではなくて、黒いマントを着てツノのある帽子《ぼうし》を被《かぶ》った人間を描いたということでいいのね？」

黒光りする羽と長い触覚を持つ、平和な家庭に前触れなく訪れる例のあの御方にしか見えないアルムの絵だが、羽ではなくマント、触覚ではなくツノ、らしい。

どうやら人間を描いたようだと悟って、キサラは心を落ち着かせてアルムの絵を見た。落ち着いてよく見ると、黒いツノ付き帽子の下にはかろうじて肌の色と口が描かれていた。

「……この人は、どうしてツノの付いた帽子で顔を半分隠しているの？」

「ヒーローなので、最初は正体を隠した方がいいと思うんです。身近な人に正体がばれちゃうかも？　っていう展開に観客はどきどきするはずなので」

キサラの質問に真剣に答えるアルム。

アルムは『かっこいいダークヒーロー』をデザインしたつもりである。黒い服にマントとツノというかっこいい要素を追加したのに、あまりスタイリッシュに見えないことに頭を悩ませていた。

アルムの隣ではエルリーがまっとうに赤や紫のお花を描いており、それを見たキサラがほっと息を吐《つ》いていた。女の子のお絵かきは色鮮やかであってほしいものだ。

「もう少し明るい色の服装にした方がいいのではないかしら？」

「ツノは必要なの？」

キサラに遅れて戻ってきたメルセデスとミーガンもアルムの絵を見て気になる点を指摘してくる。

アルムはへにゃりと眉《まゆ》を下げた。

「でも、ダークヒーローなのでやっぱり衣装は黒でないと……」

アルムはキサラ達に自身の計画――『ダークヒーローを流行らせて闇《やみ》の魔力のイメージを向上

しよう作戦』を打ち明けた。

「なるほど。それでこの黒ずくめの男を描いていたのね」

「ちなみに、現時点で一番のダークヒーロー候補はこれです！」

アルムはそう言って先に描いた絵を三人に見せた。

何故《なぜ》か人間の肩から灰色の魚の顔が生《は》えている恐怖絵画を見せられたキサラ達は「どうしようかしら？」とおのおの心の中で呟《つぶや》いた。

「まいったなー」と呟きながら頭を掻《か》いて見なかったことにしたいが、とりあえず一つだけ聞いておかねばなるまい。

「……どうして、顔が魚なの？」

「サメヒーローだからです！」

アルムは自信満々だが、間違ってもヒーローには見えない。こんな『怪奇！　サメ人間の恐怖』と遭遇したら子供が泣く。闇のイメージの向上どころじゃない。

「他にアイディアはないの？」

「他は、サメの他にタコもいればいいかなって思ってるんですけど」

アルムはタコのヒーローをデザインしようとペンを握ったが、キサラ達に止められてしまった。

「サメ人間を超える恐怖が生み出されそうだからやめましょう」

「わたくし達も考えるから、もっと違う方向性も検討してみましょう」

「皆で知恵を出せば、きっと素敵なヒーローが誕生するわ」

さりげなくペンとスケッチブックを取り上げられたアルムの前に、メルセデスとミーガンがどこからか移動式の黒板をがらがらと運んでくる。

「では、第一回　闇の魔力のイメージ向上のためのダークヒーロー戦略会議を始めます」

ミーガンが開始を告げ、アルムの隣でよくわかっていないであろうエルリーがぱちぱちと拍手をした。

光を信仰する国に生まれて、闇の魔力を宿している者はどんな想《おも》いで生きてきたのだろう。

アルムには想像することしかできない。

エルリーのように、血の繋《つな》がった肉親によって生まれた事実すら世間に隠されて閉じ込められることも珍しくはないのかもしれない。

エルリーと出会うまで考えたことがなかった。ただ漠然と、闇の魔導師は悪い奴《やつ》だと思っていただけ。

悪い人間だから闇の魔導師になるのではなく、闇の魔力を持つがゆえに迫害されて、闇の魔導師になるしか生きる道がないのだ。そんな人達がいることを、想像したこともなかった。

だから、この国をエルリーが安心して成長できる国にしたい。闇の魔力を持つエルリーが少しでも生きやすい国になれば、他の闇の魔力の持ち主も生きやすくなるはずだ。

そのために、まずは闇の魔力のイメージを向上させる必要がある。闇の魔力を持っているからといって、最初から悪人なわけではないのだと、その力は悪いことに使われるためにあるわけではないのだと、国民に理解してもらうのだ。

その初めの一歩としてアルムが考えたのが、闇の魔力を使って人助けをするヒーローの物語を流行らせることだ。ヒット作を生み出すために、アルムは全力を尽くす所存だ。

とはいえ……

「私の考案するダークヒーローはこれですわ！」

キサラの声を合図に、着替え終えたアルムは観客となっているエルリー、メルセデス、ミーガンの前に躍り出た。

黒の三つ揃《ぞろ》いに仕立てのよい白いシャツ、光沢のある真紅のネクタイとポケットチーフ、シンプルな黒いマント。前髪を後ろに撫《な》でつけ、右の手には一輪の薔薇《ばら》、左の手には赤いワインの揺れるグラス。

アルムはふっと微笑《ほほえ》みを浮かべ、流し目と共に薔薇を観客席に投げた。

「今宵《こよい》の出会いに乾杯☆」

「キャーステキー」

教えられた通りに決め台詞《ぜりふ》を言うと、キサラが大きな拍手をしてくれた。

「スタイリッシュに悪を討つ紳士ヒーローよ！　やっぱり見た目は大事よ。きちんと身なりを整えて堂々とした振る舞いを見せることで、闇の魔力を持っていても立派な紳士になれるんだってことを見せつけるのよ！」

キサラの説明を聞いたアルムは「なるほど」と思った。いきなり着替えろと言われた時は驚いたが、絵に描くよりも実際に着ている人間を見た方がイメージを摑《つか》みやすいだろう。

「確かに見た目の好感度は高いですが、あまり整えすぎるとかえって些細《ささい》なほころびが目立つかもしれませんわ」

メルセデスが拾った薔薇をアルムに手渡しながら言う。

「完璧《かんぺき》に洗練されたヒーローよりも、少し迂闊《うかつ》だったり抜けているところがあっても、いざという時は頼りになるという信頼感が大事だと思います」

「では、次はメルセデスの番で……」

キサラが言いかけたところで、大神殿の従者が慌てて駆け込んできた。

「大変です！　王宮前広場で瘴気《しょうき》が発生しました！」

ヨハネスが不在のため、キサラが対応に当たる。

「他の神官は？」

「現在、皆出払っていて……」

「そう。なら、わたくしが……」

キサラが出動しようとするのを見て、アルムは手を挙げた。

「キサラ様、私が行ってきます！」

キサラ達三人はさっきお勤めから戻ってきたばかりだ。この後も他の仕事があろう。アルムはお手伝いのつもりで申し出て、王宮前広場を目指してさっさと駆け出していた。

「あっ、アルム！」

背後からキサラの声が追いかけてきたが、すぐに戻ってくるつもりのアルムは振り向かなかった。

王宮前広場なら大神殿から十数分の距離だ。さっと浄化して戻ってくればいい。

「あの格好のまま行っちゃった……」

キサラがそう呟いていたのも知らず、アルムは『洗練された紳士スタイル』で王宮前広場に駆けつけたのだった。

＊＊＊

王宮での諸々《もろもろ》を済ませて大神殿に戻ろうとしたヨハネスの元へ、王宮前広場で瘴気発生の報告が入った。

(今日は確か神官はほとんど外回りに出ていたな。俺《おれ》が一番近いか)

どうせ大神殿に戻るのに広場を通るのだ。ついでに浄化していこうと決めて広場に向かったヨハネスが目にしたのは、何故か三つ揃いの礼服姿でワインと薔薇を手にしながら瘴気を浄化するアルムの姿だった。

＊＊＊

「はっ！」

広場の真ん中にゆらゆらと立ちのぼっていた瘴気を一瞬で浄化したアルムは、「楽勝楽勝」と呟いて辺りを見回した。

他に異変はないか確認してから大神殿に戻ろうと思ったのだが、アルムは遠巻きにこちらを見ている野次馬《やじうま》の様子がおかしいのに気づいた。普段なら、こういう時は『聖女様コール』が巻き起こるのだが、と考えたところで現在の自分の格好を思い出した。

（そうだった！　キサラ様プロデュースの『闇の紳士ヒーロー』の服を着ていたんだった！）

野次馬がざわめいているのは、突然神官でも聖女でもない謎《なぞ》の紳士が現れて瘴気を浄化したからだったのだ。

こんな浮かれた格好で「元聖女のアルムでーす」とは名乗りたくない。アルムはだらだら汗を搔きながら、手にしていた薔薇をふわっと空に向かって放り投げ、ワインの入ったグラスを掲げた。

「今宵の出会いに乾杯☆」

宵どころか太陽が燦々《さんさん》と輝く真っ昼間なのだが、羞恥心《しゅうちしん》で混乱したアルムはとりあえず決め台詞を言い捨ててその場から逃げ出した。

真《ま》っ赤《か》な顔で大神殿に戻ったアルムは、キサラ達に慰められて先の失態は忘れることにした。幸い、野次馬は紳士がアルムだとは気づかなかったようだ。

「じゃあ、さっきの続きをしましょう。次はわたくしのプレゼンね」

張り切ったメルセデスがアルムに自身の考えたヒーロー衣装を手渡して着替えるように促《うなが》してくる。

（そういえば、なんで私がモデルなんだろ？　自分で衣装を着てプレゼンすればいいのでは……？）

釈然としない想いを抱きながらも、指示通りに着替えを済ませて、アルムはその衣装に首を傾《かし》げたのだった。

「では、エントリーナンバー2番。メルセデス・キャゼルヌが考案したダークヒーローの登場です！」

先程と同じように観客の前に出ると、キサラ達が目を丸くした。

袖《そで》のない黒い上衣に色あせた労働者風のズボン、青い布を額に巻いたアルムが、手にした釣り竿《ざお》をひゅんと振って一言。

「お前のハートを一本釣りだぜ！」

「キャー釣られたーい」

本気なのか冗談なのかわからないが、メルセデスはアルムを見て黄色い悲鳴をあげた。

「メルセデス様、これのどこがダークヒーローなのです？　これじゃあただの『海の男』ではないですか」

皆が思っていることを、代表してミーガンが尋ねた。

「アルムのサメヒーローを見て思いついたのよ。サメに限定せず『海』そのものを表したの。海のように広い心と、寄せる波のように激しい心をあわせ持った究極の熱血ヒーローよ！」

「そういえば、キャゼルヌ伯爵領は海に面していたわね」

キサラがぼそっと呟いた。


そこへ先程と同じように従者が駆け込んできた。

「た、大変です！　幽霊の目撃情報があり、現在、幽霊はロネーカ公爵家の方角へ移動中とのことです！」

「なんですって？」

顔色を変えたキサラが立ち上がった。高位貴族の居住地で幽霊騒ぎなど冗談ではない。公爵家を危険に晒《さら》したら大神殿への批判は避《さ》けられない、すぐに幽霊を浄化しなくては。

「急いで向かわなければ！」

「でしたら、わたくしが行きます！」

聖女達の中で一番足が速いメルセデスが、言うが早いが従者を押しのけて飛び出していった。

「え？　あ、あれ？」

くん、と引っ張られる感覚があって、アルムは前のめりになった。

手にしている釣り竿の糸が、前へ前へと引っ張られている。

「メ、メルセデス様！　ちょっといったん止まって……」

さっき、アルムが竿を振った際に、釣り針の先がメルセデスの法衣に引っかかっていたのだ。

「あわわわわわ」

「アルム⁉」

引っ張られるままにメルセデスの後を追う形で走り出すアルム。

釣り竿を離せばいいだけの話なのだが、あわくった頭ではそれが思いつかなかった。

＊＊＊

（あれはいったいなんだったんだ……？）

アルムが投げた赤い薔薇を拾ったヨハネスは、先程目にした光景の意味を探して立ち尽くしていた。

遠目からだったが、あれは確かにアルムだった。自分が見間違えるはずがない。

しかし、アルムが紳士服で登場した理由がまったく思い浮かばなくて、ヨハネスは首を傾げるばかりだった。

「まさか、あの聖女どもがなにかろくでもないことをアルムに吹き込んだのでは……」

当たらずとも遠からずな想像をしていたヨハネスは、広場の外の道をまっすぐに走っていくメルセデスの姿に気づいた。

そして、その後ろを釣り竿を手に持ってよたよた走るアルムの姿も。

何故か紳士服ではなく釣り人みたいな服装になっていたアルムが、走りながら前方に向かって浄化の光を放った。

＊＊＊

「メ、メルセデス様〜、ちょっと待ってください〜」

引っ張られながら走るアルムは情《なさ》けない声で呼びかけたが、声が届いていないのかメルセデスは振り向かない。普段運動などしないアルムはメルセデスに追いつくどころか、今にも足がもつれて転びそうだ。

止まってくれないなら止めるしかない。走る目的がなくなればメルセデスも止まるだろう。

そう考えたアルムは、前方に小さく幽霊の姿が見えたところで、手を上げて浄化の光を発射した。

矢のように放たれた浄化の光が見事に幽霊に命中し、瘴気でできた体はあっさりと霧散した。

「あら？　アルム」

ようやく足を止めたメルセデスが、アルムに気づいて振り向いた。

「ぜえぜえ……は、針が服に、引っかかってて……」

「あら、本当。いやだわ、気づかなかった」

法衣に引っかかっている釣り針を、メルセデスは布を破かないように慎重に取り外した。

その間、アルムは息を整えていたが、ふと周りを見回してみると通行人が驚いた表情で視線をこちらに向けていた。

通行人からすれば、突然浄化の光が矢のように飛んでいったのだから驚くのも無理はない。通行人はメルセデスの姿を見て「なんだ、聖女様の御業《みわざ》か」と納得した直後に、彼女の隣のアルムを見て困惑の表情を浮かべた。

（聖女の隣に釣り人スタイルの怪《あや》しい奴……明らかに不自然なのでは？）

アルムも自分の現在の格好を思い出して通行人の気持ちがわかった。

「あの、聖女様。不審な人物に追いかけられていたようですが……」

通行人の一人がおずおずと歩み寄ってきた。確かに、懸命に走る聖女を追いかける釣り竿を持った輩《やから》など不審な人物としか思えないだろう。

（このままでは、海の男の格好をして聖女を追いかけ回す不審者扱いされてしまう！）

さりとて、正直に身分を明かして不審者じゃないと訴えたところで、海の男スタイルで王都の真ん中を走っていた事実は消えない。兄にそんなこと知られたくない。

アルムは近寄ってくる通行人にやけくそ気味に釣り竿を突きつけて威嚇した。

「それ以上近づくと……お前のハートを一本釣りだぜ！」

謎の決め台詞に通行人が思わず足を止めた隙をついて、アルムはその場から逃げ出したのだった。

「キサラ様もメルセデス様も、肝心なことをお忘れですわ」

アルムとメルセデスが大神殿に戻ると、ミーガンが「やれやれ」と言いたげに首を横に振って言った。

「アルムが求めているのは『ダークヒーロー』なのですから、光にはない『闇の魅力』を押し出すべきだと思いますの」

そう主張するミーガンから手渡された衣服に着替えながら、アルムは「なんでこんなことやってるんだっけ？」と自問自答した。

「ご覧ください！　これぞ真のダークヒーローです！」

ミーガンの声に続いて着替え終えたアルムが姿を現すと、客席の三人は一様に首を傾げた。

軍服のようなかっちりとした黒い服、しかし、いたるところに切り裂かれたように穴があいていてボロボロだ。胸元《むなもと》の穴からは下に着ているらしい赤いシャツがちらちら見えている。何故か袖も付いていないが、袖口《そでぐち》はわざとギザギザに切り取ったかのようで、袖がない代わりなのか鋲《びょう》を打ち込んだ黒革のベルトが数本二の腕に巻きつけられており、黒革の指なし手袋をはめている。左目には黒の眼帯。肩から下げられた鎖が何故か胸の前で交差しており、非常に脱ぎ着しにくそうな格好だった。

そして、背中に真っ黒な羽毛で作った羽が縫いつけられており、それが重たいのかアルムは後ろ側に傾いていた。

「虚《うつ》ろなる天より堕《お》とされし我が眷属《けんぞく》は、今夜も血に飢えている……」

後ろに傾きながらなんとか決め台詞をキメる律儀なアルムを余所《よそ》に、キサラはミーガンに問いかけた。

「ミーガン、これは……どういうコンセプトなの？」

「見てわかりませんか？　『漆黒の闇に染められし堕天使』です！」

渾身《こんしん》の『堕天使ルック』に、ミーガンが誇らしげに胸を張る。それを聞いたアルムは「さすがにこの格好で外に出る愚《ぐ》は犯すまい」と密《ひそ》かに決意した。


そこへ、三度従者が駆け込んでくる。

「失礼いたします！　聖女様方、今すぐ外に避難してください！」

「どうしました？」

キサラが尋ねると、従者は真剣な面持ちで答えた。

「厨房《ちゅうぼう》で火が出ました！　こちらにも煙《けむり》が来るかもしれませんのでお早く！」

言うなり、従者はエルリーをひょいと抱えて部屋の外へ出た。

「ついてきてください！」

「行きましょう、二人とも！　ほら、アルムも早く！」

「え？　あの、着替え……」

「火事だなんて怖いわ！」

「早く消えるように神に祈りましょう！」

キサラにせかされ、メルセデスとミーガンに背中を押されるようにして、アルムは『堕天使ルック』のまま大神殿から出されそうになった。

＊＊＊

（あれは本当になんだったんだ……？）

立て続けに起きた謎の出来事に頭を抱えながら大神殿の入り口に着いたヨハネスは、中が騒がしいのに気づいて足を止めた。

「おい、なにがあった？」

中から駆け出てきた従者を捕まえて尋ねる。

「あ、殿下！　厨房から失火です！　皆、外に避難している最中で……」

「聖女達は？」

「おそらく、まだ中に……あっ、殿下！」

ヨハネスはためらうことなく中に入った。聖殿担当の特級神官として、聖女の安全を確認してからでないと避難はできない。

奥に進むと、確かに焦《こ》げ臭《くさ》いにおいがしてきた。

逃げる者ばかりではなく、各庭に設置された防火水槽から水を汲《く》んで厨房へ向かう者もいる。

ヨハネスが聖殿へ向かおうとすると、桶《おけ》を持って走ってきた聖騎士がヨハネスに気づいて足を止めた。

「殿下、この先はいけません！　お戻りください！」

「だが、聖女達が……」

「聖女様方は聖殿から出たのを確認しております！　今頃《いまごろ》は外に出ているはずです！　思ったより火の勢いが強いので、水での消火に加えて厨房周辺の破壊を試みているところです」

「そうか。しかし……」

なおも食い下がろうとしたヨハネスの隣に、すっと誰《だれ》かが立つ気配がした。

「厨房周辺を壊して、火を消せばいいんですね？」

（アルム？）

聞き違えるはずのない少女の声に、ヨハネスは横を向いてその姿を確認した。

「アル……ム？」

『堕天使ルック』に身を包んだ愛《いと》しい少女の姿に呆気《あっけ》にとられるヨハネスを余所に、アルムは厨房の方角へ向かって手をかざした。

＊＊＊

大神殿から出されそうになったアルムだったが、その前にキサラ達を振り切って元来た道を戻った。

「アルム⁉」

「消火のお手伝いをしてきますーっ！」

この格好で外に出たくはないので、アルムはえっほえっほと走って聖殿に戻ろうとした。背中の羽が重くて走りにくい。

「だが、聖女達が……」

「聖女様方は聖殿から出たのを確認しております！　今頃は外に出ているはずです！　思ったより火の勢いが強いので、水での消火に加えて厨房周辺の破壊を試みているところです」

途中、通り過ぎようとした廊下で誰かが話しているのが聞こえた。

「厨房周辺を壊して、火を消せばいいんですね？」

アルムは彼らの横に立つと、手をかざして精神を集中させた。

厨房周辺で壁や床を破壊していた聖騎士達は、突然床と壁を突き破って伸びてきた木の根に歓声をあげた。

「アルム様だ！」

「おお、さすが！」

木の根は縦横無尽に暴《あば》れ回って、床と壁を砕いていく。

さらに、庭の井戸から水が噴き上がったかと思うと、その水の塊が厨房に向かって飛んでいく。

消火に当たっていた聖騎士達が快哉《かいさい》を叫《さけ》んだ。

破壊で延焼を防ぎ、火元を鎮火。大神殿における失火は怪我人《けがにん》なしで終結したのだった。


「ふう……」

鎮火を喜ぶ声が聞こえてきて、アルムは息を吐いて額の汗をぬぐった。眼帯がずれる。

「アルム……」

「え？」

そういえば、横から聞き覚えのある声がするなあ、と首を巡らせたアルムは、ヨハネスと目が合ってびしっと硬直した。


大神殿にヨハネス。

アルムが最大に苦手《にがて》とするシチュエーションである。

だが、今はそれ以上に深刻な問題があった。

（『堕天使ルック』見られたーっ！）

アルムの心の衝撃が伝わったかのように、背中に縫いつけられていた羽がばさりと落ちた。

「……」

「……」

しばし、気まずい空気でみつめ合った後、アルムはすいっと目をそらして口を開いた。

「……虚ろなる天より堕とされし我が眷属は、今夜も血に飢えている……」

「どうしたんだ、いったい⁉」

渾身の決め台詞もその場の空気を誤魔化《ごまか》してはくれなかった。

＊＊＊

人生は勉強だ。

一口に『ダークヒーロー』といっても、人それぞれ理想とする姿は違うということがよくわかった。それが学べた。勉強代がいささか高すぎた気もするが。

「もっとちゃんと考えないと駄目《だめ》だなあ……」

そもそも、世間知らずの自分がいきなり大衆に人気のヒーローをプロデュースしようなんて無謀《むぼう》だったのだ。もっとたくさんのことを学ばねばならないとアルムは考えを改めた。

「でも、諦《あきら》めないぞ！」

自室の寝台の上に寝転がっていたアルムは、気合いを入れ直して起き上がった。

「闇の魔力の持ち主だからって、生まれつき悪人なわけじゃない。光の魔力の持ち主が全員善人なわけじゃない。光の魔力を持っていても、ヨハネス殿下みたいなパワハラ野郎になることもあるし、ガブリエル元侯爵なんかあんなに胡散臭《うさんくさ》かったんだから！」

それを皆にもわかってもらいたいとアルムは思った。光と闇は決して、善と悪ではないのだと。

「よーし、まずは勉強だ！」

生まれた時から狭い小屋に閉じ込められていたエルリーに世界は広いと教えるためには、まずアルム自身が世界の広さを知る必要がある。

最近になってそう思うようになったアルムは、ガードナー経由でワイオネルから贈られた書籍の山から一冊の本を取り出してページを開いた。

「KAMABOKOとTAKOYAKIって東方の島国の伝統料理なんだ……へえ～」

こうして少しずつ、アルムは未知の世界を知っていくのだ。

＊＊＊

「噂《うわさ》を聞いたか？」

「噂？　ああ。アルムが王都中にばら撒《ま》いた聖なるリンゴの中に、誰にも捕まらずにいまだに宙を漂っている野良リンゴがいるっていう噂ですね。見かけるといいことがあるとか」

「そっちの噂じゃない！」

ヨハネスは怒りを込めて執務室の机を叩《たた》いた。

「お前らのせいで『光の魔力を持ち、優雅《ゆうが》にワインを飲みながら瘴気を浄化する謎の紳士がいる』って噂が広まって、大神殿にも問い合わせが来ているんだぞ！　余計な仕事を増やすんじゃねえ！」

「不可抗力ですわ」

激昂するヨハネスに指をさされたキサラは涼しい顔で肩をすくめた。

「それから！　『聖女をつけ回し、周囲の人間のハートを一本釣りしようとする釣り人風の変質者が出る』って回覧板で注意喚起が回ってきたぞ！　いたずらに人心を惑わせるな！」

「それぐらいで怒るなんて……海のように広い心でお許しになって？」

メルセデスはひらひらと手を振ってヨハネスの怒りを受け流す。

「そしてなによりも、神殿内で『ヨハネス神官が酷使したせいで聖女アルムがグレて黒歴史病が発症した』って言われてるんだぞ！　アルムがこれ以上、大神殿に来にくくなったらどうしてくれるんだ！」

「そもそもアルムが大神殿から逃げたのはヨハネス殿下のせいじゃありませんの。元凶のくせに偉そうにしないでくださいませ」

ミーガンはぷくっと頬《ほお》をふくらませてヨハネスに反論する。

「お前らなあっ……」

反省の色のない聖女達に、ヨハネスは怒りでぶるぶると震えた。

「そもそも、お前らだけアルムと遊びやがってっ……うらやましいんだよチクショー‼」

正直な本音を叫ぶヨハネスに、聖女達は揃《そろ》って「べーっ」と舌を出したのだった。

＊＊＊

いつものように聖女達と言い合いをするヨハネスの声を聞きながら、エルリーは窓から外を眺めていた。

ここ数日、おもしろいことがいっぱいあった。ヨハネスがいなくなったと思ったら高い塔にお出かけしたり、大きな魚のいる水の中に落ちたり、アルムと一緒に真《ま》っ暗《くら》な通路を歩いたり、喇叭《ラッパ》を吹いたり。

明日はどんなおもしろいことがあるだろう。

そんな期待に胸をふくらませて、にこにこと窓から顔を出すエルリーの頭上を、野良リンゴが一つ、すーっと通り過ぎていった。

完

番外編

乙女心と兄心

ベンチが宙に浮いている。

下位貴族の居住地の一角、とある男爵家の庭の上にぷかぷかと浮かぶベンチには、一人の少女が腕を枕《まくら》にして転がっていた。

「やあ、今日もアルム様が浮いているぞ」

「最近、天気がいいからなあ」

隣近所の家の人々はベンチを見上げてそんな会話を交わす。彼らにとってはだんだんと見慣れつつある光景のようだ。

「うーん……」

浮かぶベンチに寝転ぶ少女——アルムは空を眺めながら悩んでいた。

「私、もう聖女じゃないのになあ」

アルムの目下の悩みはそれだった。聖女を辞めた身であるにもかかわらず、周囲の者はことあるごとにアルムを『聖女様』と呼ぶ。

アルム自身が聖女と名乗っているわけではないのに、周りからそう呼ばれているせいで経歴詐称《けいれきさしょう》で訴えられたらどうすればいいのだろう。法廷で闘えばいいのか。

「私は何度も『元聖女だ』って言ってるのに、いつまで経ってもわかってくれない。本人が聖女は辞めたって言ってるんだから、信じてくれればいいのに」

アルムが溜《た》め息《いき》を吐《つ》くとベンチがちょっと沈む。しかし、すぐにまた元の高さまで浮かび上がる。

「聖女様の奇跡じゃ～」

「ありがたやありがたや」

散歩の途中に立ち寄った年寄りが、浮かぶベンチを見上げて手を合わせて拝む。

「廃公園でホームレスしていた経歴のある聖女なんているわけないでしょう。そもそも、聖女になるのは高位貴族の令嬢ばっかりなんだから、男爵家の庶子《しょし》でしかない私なんておよびじゃないのよ」

ゆったりと流れる雲が青い空を横切っていく。

アルムは空に向かって不満をぶつけるようにぼやいた。

廃公園でホームレス生活を経験していてもなお聖女と呼ばれるのであれば、それを上回る聖女にふさわしくない経験をすればいいのか。

「……やるか。無人島でサバイバル」

廃公園でホームレスを超えるにはそれしかない。

そんな決意を固めかけるアルムの下では、通行人が庭に小銭を投げ入れようとして見えない壁に跳ね返されていた。

「あれ？」

「駄目《だめ》だよ、兄ちゃん。アルム様のいる庭に賽銭《さいせん》を投げ込む奴《やつ》が後を絶たなかったもんで、今ではお金は投げ込めないように結界が張られているのさ」

「そうなんですか」

「アルム様に捧《ささ》げ物をしたければ、金じゃなくて少量の野菜やお菓子《かし》を「お裾分《すそわ》け」といって玄関に持っていけば受け取ってもらいやすいぞ」

「わかりました」

アドバイスを受けた通行人は、小銭を財布に仕舞って去っていった。

＊＊＊

アルムが無人島でサバイバルを思い描いていた同時刻、ウィレムは父兄会のアジトで一人頭を抱えていた。


「おや、男爵。今日は会合の日ではないが」

家に入ってきたデローワン侯爵がウィレムを見て目を丸くした。

「侯爵はどうしてこちらへ？」

「いやあ、なに。恋文を持って娘の周りをうろつく不届き者がいたので、身の程をわからせてきたところだよ」

その言葉を証明するように、侯爵が手に持つ短剣には封筒がぶっすりと刺さっていた。

「さすがですね。侯爵……私も、アルムに近づく身の程知らずを成敗したいが……」

「なにかあったのかね？」

拳《こぶし》を握りしめて打ち震えるウィレムに、侯爵が尋ねた。

「……最近、アルムが悩んでいるようで、切ない溜め息が多いんです」

「ほう」

ウィレムは妹アルムがここのところなにか考え込んだり溜め息を吐いたりしているのに気づいていた。

「特に、『瘴気《しょうき》を滅する謎《なぞ》の紳士』や『孤独な心を釣り上げようと狙《ねら》う魔の釣り人』の噂《うわさ》を聞いた後に溜め息が多くなったような……まさか、どこかで紳士と出会っていたり釣り竿《ざお》に引っかけられたりしてはいないかと心配で」

ウィレムはそれらの正体のわからない不審者が妹の溜め息の理由なのではないかと疑っている。

間違ってはいない。アルムの最近多い溜め息の理由は、一つには『辞めたのに聖女と呼ばれること』と、もう一つは『ダークヒーローの格好でやらかしたあれそれが噂になってしまっていること』である。

『正体のわからない不審者』の正体がアルム本人であると知らないウィレムからしたら、紳士や釣り人の噂を聞いたアルムが溜め息を吐いて肩を落とす様子はなにかに困っているようにしか見えない。

「紳士や釣り人になにかされたのかと聞いても、否定するばかりで……」

噂の紳士と釣り人が自分であることを実の兄に知られたくないアルムとしては、否定して誤魔化《ごまか》すしかない。

「それに、他にも気になることがあって」

「どうした?」

「塔での出来事を聞いた時に、アルムはこう言っていたんです。『サメの人を口説《くど》いたけど逃げられた』と残念そうに……アルムが口説いた⁉　馬鹿《ばか》な！　きっと、サメの人とやらが卑怯《ひきょう》な手でアルムの心を惑わしたに違いない！」

ウィレムは怒りを込めて握った拳を机に打ちつけた。

「おのれ！　どこのフカヒレの皮だ！」

馬の骨ですらない。妹を惑わせたフカヒレ野郎へのぶつけどころのない苛立《いらだ》ちがウィレムの胸を焦《こ》がす。

「なるほどな。しかし、アルム嬢であれば紳士や釣り人がなにかしてきても撃退できるだろう」

「それはそうなんですが……」

「となると、心配なのはアルム嬢が『口説いた』というサメの人とやらだな」

デローワン侯爵は顎《あご》を撫《な》でて考え込んだ。

ウィレムはデローワン侯爵の言葉を待った。若輩者のウィレムではわからないことでも、これまで娘に近づく不届き者を成敗してきた実績のある侯爵であれば答えがわかるのではないか。そんな期待を込めてみつめるウィレムの前で、デローワン侯爵は「ふむ」と唸《うな》った後で口を開いた。

「まずは確認が必要だ」

「確認？」

「そうだ。乙女が恋に悩んでいるか否か、見極める指針を教えよう」

デローワン侯爵はそう言って指を折った。

「その1、おしゃれに目覚める！　恋をした少女は急に綺麗《きれい》になるものだ。これまで着たことのない服を着たり、アクセサリーに気をつかったり」

ウィレムはここ最近のアルムの様子を思い浮かべる。アルムはいつでもウィレムが買った服を文句《もんく》も言わずに着ているし、えり好みもしない。ミラが選ぶ服に文句もつけないそうだ。アクセサリーなどは興味がないようで身につけているのを見たことがない。

「そういうことはないです」

「そうか、ではその2、家族によそよそしくなる！　恋を知った思春期の少女は、気恥ずかしさから家族――特に男の親や兄弟にはかたくなな態度を取り始めることが多い。もしくは、部屋にこもって出てこないなど、一人になりたがる傾向がある」

アルムは一人で部屋にこもっていることはあまりない。たいていは庭で本を読んだり昼寝をしたりしている。時々、貧民《ひんみん》地区にいた子供達と一緒に遊びに行ったりもしている。

ウィレムに対する態度も以前と変わりない。

「その3、隠しごとをする！　こそこそとなにかをしていたり、行き先を告げずに出かけたりなどだ。詮索すると反発してくることもある」

ウィレムは目を閉じて考え込んだ。

なにか悩みはあるようだが、それは隠しごとと呼べるのであろうか。言いにくいことはあるのかもしれないが、こちらになにかを隠そうとしているのとは少し違うような気もする。

「この三つに当てはまらないのであれば、アルム嬢の悩みは恋の悩みではないだろう。大方、周りの人間から『聖女様』ともてはやされるのがうっとうしいとかではないか？」

「ああ。そうかもしれません。塔の一件でまた目立ちましたから……」

侯爵の的を射た意見に、ウィレムも納得できた。

(そうだよな。アルムはまだ子供なんだ。恋なんてまだまだ先の話だろう。だいたい、なんだ『サメの人』って。『囚《とら》われの王子』より怪《あや》しいじゃないか。そんな相手にアルムが恋《こ》い焦がれるはずがない!)

ウィレムは安堵《あんど》の息を吐いて背筋を伸ばした。

「ありがとうございます、侯爵」

「なあに、気にするな。では、私はそろそろ帰ろうと思う。また次の会合で会おう」

「はい!」

鷹揚《おうよう》に告げるデローワン侯爵を見送った後で、ウィレムもいそいそと帰途についた。

来る前より足取りは軽くなっていた。

＊＊＊

無人島でサバイバルとなると、廃公園でホームレス生活ほどやさしくはないだろう。思い立ってすぐにできることではない。

事前の計画と準備が必要だ。

そう考えたアルムはちょいっと指を動かした。

すると、二階の窓がばんっと開いて、一冊の本が飛び出してくる。

「よっこらせ」

上半身を起こして飛んできた本をキャッチしたアルムは、浮かんだベンチの上で座り直した。

「えーと、無人島ってどこにあるんだろう？」

引き寄せた本は国内の旅行ガイド本で、簡素な地図も載っている。

「海があるのは南西部……あっ。キャゼルヌ伯爵領ってメルセデス様の家の領地だ」

そういえば、キャゼルヌ伯爵領は海に面しているとキサラが言っていた。

「じゃあ、メルセデス様にオススメの無人島がないか聞いてみた方がいいかな」

伯爵令嬢のオススメする無人島が存在するかは謎だが、アルムは本を閉じて無人島でサバイバル生活をする自分の姿を想像した。

生い茂る植物に、見たことのない猛獣、危険な毒を持った虫などをかいくぐり、人跡未踏《じんせきみとう》の島の奥へ足を踏み入れるアルム。

艱難辛苦《かんなんしんく》の末にたどり着いた洞窟の奥には、いにしえの海賊が隠した財宝が眠っていた。

だがしかし、財宝を守る邪霊《よこしま》が目の前に立ちふさがる！

「果たして、冒険者アルムは邪霊との戦いに勝利して、お宝を手に入れることができるのか……」

「おーい、アルムー」

大冒険in無人島を妄想していたアルムは、下から名前を呼ばれて我に返った。

下を見ると、ガードナーがぶんぶん手を振っている。アルムはベンチを下げて地面に着地させた。

「よう、アルム！　これを見ろ！」

ガードナーが背負っていた荷物をどさっと降ろした。

「なんですか……」

首を傾《かし》げて覗《のぞ》き込んだアルムは、目に飛び込んできたまばゆい輝きに言葉を失った。

きんきんきらきら、輝きを放つ金銀に、色とりどりの宝石の山。

「ど、どうしたんですか？　家出でもするんですか？」

さすが、第二王子ともなると家出の軍資金が豪華だと感心していると、ガードナーは胸を反らして笑った。

「違う違う。旧城跡地の瓦礫《がれき》の中から出てきたんだ。撤去作業中にみつけてな」

「ええー！」

アルムは目を白黒させた。

「お宝発見、先を越された……！」

「ん？」

無人島で大冒険の末に財宝を手に入れるはずが、先に金銀財宝をみつけられてしまった。これではアルムがお宝発見しても二番煎じになってしまうと口を尖《とが》らせていると、ガードナーがアルムの頭にひょいっとなにかを載せた。

「む？」

「ははは。似合うじゃないか！」

お宝の中から金色に輝くティアラを掴《つか》み出してアルムの頭に乗せたガードナーが笑って言う。

「アルムなら特別に一つや二つぐらい持っていってもいいぞ」

「いや、そんなわけには……」

王家の財宝をくすねて問題なったら困る。

「こっちの腕輪はどうだ？　首飾りでもいいぞ」

「いりませんてば！」

犯罪行為をオススメしてくるガードナーに、アルムは慌ててティアラを返した。

＊＊＊

「帰ったぞ。アルムは庭か？」

自宅にたどり着いたウィレムは家の中には入らず、玄関から庭へ回った。

すると、ベンチに腰掛けたアルムとそのそばに立つガードナーの姿が目に入った。

「第二王子め、また来ているのか……ん？」

庭に踏み込もうとしたウィレムは、アルムが頭に載せているティアラを見て足を止めた。

そのウィレムの前で、ガードナーがアルムに次々に腕輪や首飾りを差し出している。そして、ア

ルムはふるふると首を横に振っているではないか。

（ア……アルムが、アクセサリーを選んでいる⁉）

雷に打たれたような衝撃を受けて、ウィレムはその場に立ち尽くした。

デローワン侯爵の言葉が脳裏をよぎる。

（恋をするとおしゃれに目覚める……まさか、そんな……）

アルムは動揺するウィレムに気づくことなくガードナーと話している。

（いや、待て。落ち着け。おしゃれに目覚めたからって、恋をしたとは限らないじゃないか）

ウィレムはふるふると首を振って自分に言い聞かせた。

そうとも、思春期の女子ならば、おしゃれに関心が芽生《めば》えるのはむしろ当然だ。恋など関係なく、女の子はおしゃれが大好きだ。

アルムにも、そういう時期が訪れただけなのだ。

（ふふ。アルムも普通の女の子なんだ。おしゃれに目覚めたことだし、アクセサリーでも買ってやろう。紫の石のペンダントとかどうだろう。俺《おれ》では女子の好みはよくわからないから、後でミラにも聞いてみるか）

ウィレムがアルムに似合いそうなアクセサリーを想像している間に、ガードナーは立ち去ってしまったらしく、ふと気づくと庭にはアルムしかいなかった。

「アルム……」

声をかけて近づこうとした、その途端、アルムがベンチごと空へ急上昇した。

＊＊＊

「なんだ、一つもいらないのか。では、全部持って帰ってワイオネルに渡すとするか」

「そうしてください」

ガードナーはアルムに押しつけようとしていたお宝を荷物に戻して颯爽《さっそう》と去っていった。アルムは「やれやれ」と肩をすくめた。

「そろそろ家の中に入ろうかな」

ベンチでごろごろするのにも飽きたアルムはそう呟《つぶや》いた。

本を手に、ベンチから降りようとして足を地面につけた。そこで、アルムはぴたっと動きを止めた。

ベンチの下になにかある。

正確には、なにか、いる。ちらりと見えるのは、生き物の尻尾《しっぽ》らしき細長い、黒光りする、鱗《うろこ》みたいなものが――

ぎゅんっ

アルムはすごい勢いでベンチごと飛び上がった。

二階の屋根より高く急上昇して、その高さでぴたりと止まる。

「……よーし。落ち着け落ち着け。大丈夫。適切な距離を取れば大丈夫」

アルムは眉間《みけん》に指を当てて静かに深呼吸をした。

「アルム……？」

かすかに聞こえた声の方に目をやると、庭の植え込みのところにウィレムが立ってこちらを見上げていた。

「あ、お兄様。おかえりなさい」

「ああ……アルム、急に上昇してどうしたんだ？」

ウィレムにそう尋ねられて、アルムは慌てて飛び上がったところを見られたと知って顔を赤くした。

「あ、あのですね。急に空を見たくなったというか」

「そうか……でも、もう降りてきなさい。家に入ってお茶でも飲もう」

「は、はい……いえ、でも」

アルムはウィレムから視線を外してベンチの真下を凝視した。芝生《しばふ》の中でなにかが動いているようには見えない。ということは、まだ真下にいるのではないだろうか。

「えっと……もうちょっと、ここにいることにします」

「アルム？」

空に浮かんだまま真下を見ているアルムに、ウィレムが眉《まゆ》をひそめた。

「アルム、どうして降りてこないんだ？」

「ちょっと、今は、その……距離を置きたいっていうか」

「距離を？　アルム、いったいどうしたんだ？」

ウィレムがずかずかと庭に踏み入ってきた。どんどんこちらに近づいてくるのを見て、アルムは慌てて叫《さけ》んだ。

「来ないでください！」

ウィレムが足を止めた。

「それ以上は来ちゃ駄目です、お兄様！」

アルムは必死に言い募った。ベンチの真下に近寄ってほしくない一心だった。

「アルム……！」

そんなアルムの気持ちが伝わったのか、ウィレムもまた真剣な表情でこちらを見上げてくる。

「アルム、どうして……」

「ごめんなさい、お兄様。決して苦手《にがて》とかそういうんじゃないんです。ただ、適切な距離が必要だと思って……」

「適切な……距離……」

ウィレムがぐっと拳を握りしめた。

「確かに、兄妹であろうと……家族であろうと、お互いに踏み込みすぎないように適切な距離は必要かもしれないな……だが、せめて同じ地に足をつけて話し合わないか？」

ウィレムがそう訴えるが、アルムは途中から聞いていなかった。

（ああっ、なにか動いた⁉　草が揺れて……お兄様の方に向かってる⁉）

「お兄様！　もっと離れて！」

「っ……！」

距離を取るように注意すると、ウィレムは何故《なぜ》かひどく傷ついたような表情で後ずさった。

＊＊＊

ウィレムが庭に足を踏み入れようとした瞬間、アルムはすごい勢いで空に飛び上がった。まるで、ウィレムから逃げるみたいに。

寸の間、唖然《あぜん》とした後で、ウィレムは空中で停止したアルムに声をかけた。アルムは「おかえり」と言ってくれたが、降りてこようとはしなかった。

「……アルム、急に上昇してどうしたんだ？」

とりあえず、何故空に上がったかを確かめようとそう尋ねた。

アルムはふっと頬《ほお》を染めて、言い訳するように答えた。

「あ、あのですね。急に空を見たくなったというか」

嘘《うそ》だ。飛び上がった瞬間から、アルムは下ばかり気にして空を見ていなかった。

（何故、嘘を吐く？　なにか言えない理由があるのか？）

問い詰めたくなる気持ちをぐっと抑えて、ウィレムはできるだけ優しい声で言った。

「そうか……でも、もう降りてきなさい。家に入ってお茶でも飲もう」

「は、はい……いえ、でも」

煮え切らない返事をしたアルムは、ウィレムからすっと目をそらした。気まずさを感じているような視線の動きに、ウィレムの胸に不安が生じる。

ついさっきまで、ガードナーとは地面に降りてすぐ近くで話していたはずだ。どうして、ウィレムが相手では地面に降りようとしないのだ。

その後も、アルムは「もう少しここにいる」と言い張って空にとどまろうとする。

ウィレムは少し強い口調でどうして降りてこないか問いただした。すると、

「ちょっと、今は、その……距離を置きたいっていうか」

アルムが発したその言葉に、ウィレムは頭を殴られたかのような衝撃を受けた。

（距離を、置きたい……ガードナー殿下とは普通に話していたのに、俺とは距離を置きたいというのか）

納得できなくて近寄ろうとすると、血相を変えたアルムに怒鳴《どな》られた。

「来ないでください！　それ以上は来ちゃ駄目です、お兄様！」

「アルム……！　どうして……！」

「ごめんなさい、お兄様。決して苦手とかそういうんじゃないんです。ただ、適切な距離が必要だ

と思って……」

適切な距離。

デローワン侯爵の声が脳裏に蘇《よみがえ》った。

（家族によそよそしくなる……そんな馬鹿な……まさか、本当に……）

拳を握りしめて、息をのむ。

これくらい、なんてことはないのかもしれない。アルムも、家族からの干渉を嫌《いや》がる年頃になったというだけだ。誰《だれ》もが通る過程であって、アルムが健全に成長している証拠だろう。

だがしかし、あまりにも急激な変化に戸惑わずにいられない。

ウィレムはせめて空から降りてきてほしいと訴えたが、アルムはそれを拒絶して「もっと離れて」と怒鳴ってきた。

家族によそよそしくなり、一人になりたがる。アルムの態度はまさにそれだった。

ウィレムは唇を嚙《か》んで立ち尽くした。

＊＊＊

草の動きを目で追っていたアルムは、ウィレムの足元で急に方向転換して植え込みの方へ向かっていくのを目にした。

（あっ、庭から出ていく……よかった～）

無事に適切な距離を保つことができて、アルムはほっと息を吐いた。

ようやく降りられると思ってベンチを地面につけると、ウィレムがうつむけていた顔を上げた。

「アルム……？」

「お兄様、家に入りましょう」

にっこりと笑顔を向けると、兄は目を丸くしていた。

「アルム……もう大丈夫なのか？」

「はい！　あ、決して大丈夫じゃなかったわけじゃないんですよ。苦手とかそういうんじゃないですから。気にしないでください！」

アルムははきはきと答えた。ウィレムはそんなアルムを見て不思議そうな表情をしていたが、やがてふーっと息を吐いた。

「そうか……それならいい。では、家に入ろう」

「はい！」

アルムはベンチから立ち上がった。それを見守って微笑《ほほえ》んでいたウィレムの目が、ふとアルムの手にした本に吸い寄せられた。

「旅行の本か？　アルム、行きたいところでもあるのか」

「はい……あ」

正直に答えようとして、アルムは口を押さえた。

（無人島でサバイバルしたいなんて言ったら、お兄様に心配をかけてしまうかもしれない。……今

は黙っていた方がいいか）

「アルム？」

「えっと、その……ひ、秘密です！」

アルムは笑って誤魔化そうと努めて明るくそう言った。

「隠しごと⁉　……やはり、そうなのか？」

「お兄様？」

何故か胸を押さえたウィレムがその場に膝《ひざ》をついたので、アルムは驚いて目を丸くした。

＊＊＊

「無人島？　そうね、港から一番近いのはサンカン島かしら」

遊びにいった大神殿でメルセデスに尋ねると、彼女はちょっと首を傾げてからそう答えてくれた。

「無人島と言っても、船で行ける距離だからたまに釣り人が上陸しているわね」

海に面した領地を持つキャゼルヌ伯爵家の娘であるメルセデスは、海を懐かしむように目を細めた。

「ほうほう」

いい無人島の情報を集めようとするアルムは熱心に頷《うなず》いた。

「でも、どうして無人島に興味が？」

「いえ、ちょっと行ってみたくて」

アルムが照れ笑いをしながら言うと、同じテーブルでお茶を飲んでいたキサラとミーガンが口を開いた。

「行ってみたいって、無人島でなにをするの？」

「まさか、ヨハネス殿下から離れたいあまりに失踪する計画を立てているのでは……」

「いえいえ、違います！　そんな大袈裟《おおげさ》な話じゃなくて、冒険小説を読んでサバイバル生活に憧《あこが》れたといいますか」

アルムは首を横に振って誤魔化した。

「憧れ、ねぇ……」

「アルムならどこでも平気でしょうけど……」

「サンカン島ならそう危険な場所もないと聞くけど……あ、でも島の奥まで探検に行った人の話だと、とにかく蛇が多くて、昔から『蛇島』っていう別名があるんですって。釣りは好きだけど蛇が嫌だから行かないっていう人も多くて」

「無人島ならそうした生き物が多くいるのは当然ですわね」

「自然が多い無人島は虫や獣の天国でしょうね」

「そうですね。アルム、もしも無人島に行きたいんだったら、私から詳しい人を紹介しても……」

「いえ！　大丈夫です！　無人島なんか行きません！　……ダ、ダークヒーローが活躍する物語の参考になるかなと思っただけで、本当に行くつもりはありませんから！」

アルムは力強く言い放った。膝に乗っていたエルリーがアルムの必死の声に驚いて、きょとん、と目を丸くする。

「そうなの？」

「まあ、そうよね。いくらアルムでも無人島なんて行くわけないわよね」

「ええ。安心したわ……あ、そろそろヨハネス殿下が帰ってくるんじゃない？」

大分改善したとはいえ、トラウマを持つアルムがヨハネスと顔を合わせるのは望ましくない。名残惜しいがお茶会は終了にして、聖女達は仕事に戻りアルムは帰宅した。

「ただいまー」

「……おかえり、アルム」

何故か最近あまり元気のない兄が出迎えてくれた。時々、「フカヒレ野郎め……よくも……」と呟いているが、なにか嫌なことでもあったのだろうか。

「アルム……そのな」

「はい？」

ウィレムが神妙な顔で切り出したので、アルムは首を傾げて聞いた。

「こないだ言っていた秘密のことだ……アルムにも隠したいことがあって当然だと思うけれど、俺は兄としてお前が危ない人間と付き合いがないか把握しておきたいと思って」

「あ。それならもう大丈夫です！　秘密はなくなりました！」

アルムは元気よく答えた。

無人島でサバイバル案は没になったので、兄に隠しておく必要もなくなった。

「ちょっと興味があったけど、よく考えたら危険だし、皆に心配をかけるのでやめました！　元々そんなに積極的に行きたいわけではなかったし」

「そ、そうか……！　偉いぞ、アルム！　お前くらいの年齢だと、危険な香りに引き寄せられることもあるかもしれないが、それは若いうちの気の迷いだ！　やめて正解だ！　お前はまだまだ俺の元でゆっくり過ごしていればいい！」

「はい！」

何故か突然元気になった優しい兄の言葉に、アルムはぱあっと明るい笑顔を浮かべた。


「あれ？　そういえば、なんで無人島でサバイバルしようとしていたんだっけ？」

ふとそう思ったアルムだったが、「思い出せないならたいしたことじゃないよね」とすぐに気を取り直して庭のベンチに寝転んだ。

そのまま、すーっと上昇していくベンチを目にした近所の人々が、「今日も聖女アルム様が元気に浮いていらっしゃる」とにこやかに笑い合っていたのだった。

完

あとがき

毎年、冬が始まる頃になると「ちょっと白い綿くっつけてるだけで『雪虫』なんて風流な名前で呼ばれやがって許せねえな」と、大量発生する虫に対して憤《いきどお》りを覚えます。

おまけに、大量発生する虫の中には、白い綿がないただのアブラムシなのに雪虫扱いされている連中も混じっているそうです。なおさら許せません。

はじめまして。もしくは、おひさしぶりです。

最強聖女アルムの青春王子様撃退ストーリー、なんと第三巻です。

一巻ではなんにもしたくない系ホームレスだったアルムですが、この巻では前向きに頑張る女の子になっています。成長を感じてもらえたらうれしいです。

そんなアルムの前に立ちはだかる怪しいおっさん達が活躍する物語、お楽しみいただけたでしょうか。

怪しいおっさん達には今後も頑張っていただきたいですね。

可愛い女の子と王子様が登場する素敵な物語を書いていたはずなのに、書き終えてみればおっさんと筋肉とサメばかりが印象に残っています。何故だ。

「何故だ、と聞きたいのはこっちだ！　タイトルに『囚《とら》われの王子』って入っているんだから俺《おれ》とアルムが力を合わせて活躍する物語になるべきだろ！」

おや？　幻聴が……着実にアルムの茶飲み友達の地位を手に入れつつある筋肉王子に好感度でボロ負けしている第七王子の声が聞こえたような……

「うっせえよっ‼」

幻聴は放っておいて、皆さんは塔というとなにを思い浮かべますか。
バベルの塔、ロンドン塔、タロットカードの塔……

塔というものには、どうも不吉なイメージがつきまとっているような気がします。
また、童話でお姫様が閉じ込められるのも塔であることが多いです。
高い塔に囚われて、俗世を知らずに暮らすお姫様を、下界からやってきた王子様が外へ連れ出してハッピーエンド。塔は『閉じ込められる場所』ですが、見方を変えればか弱い女の子を汚れた世間から守っているとも言えます。

塔は不吉なイメージを持ちながらも、穢《けが》れのない女の子を守る場所という役割もあるようです。しかしながら、この本では塔に囚われているのは『穢れのない女の子から苦手意識を持たれている王子』となっております。

アルムが「やる気が出ない」と嘆《なげ》いていた気持ちもわかりますね。

「毎度毎度、俺の扱いが悪すぎるだろ！」

パワハラ野郎では『囚われ』効果が薄かったか……

「『囚われ』効果ってなんだよ⁉」

塔から救い出されたお姫様は王子様と結婚してハッピーエンドですが、ヨハネスのハッピーエンドはまだ遠いようです。今後も頑張ろうね。（笑）

「笑うな！」

一巻では廃公園から動かなかったアルムが、次はどこに行ってなにを吹っ飛ばすのか。ダークヒーローをスカウトすることはできるのか。

最強の元聖女アルムの次の冒険も見守っていただけたら幸いです。

最後になりましたが、いつも素敵なイラストを描いてくださるにもし先生、今巻も可愛いアルム達を描いていただきありがとうございます。怪しいおっさんを描かせてしまい申し訳ありません。

担当のH様、いつもお世話になっております。三巻まで来れて感激&感謝です。

この本を読んでくれた皆様、アルム達と一緒に楽しんでいただけたでしょうか。アルムの物語が続けられるのも読んでくださる皆様のおかげです。

では、またお会いできることを祈って。

ありがとうございました。

GAノベル

廃公園のホームレス聖女
3.囚われの王子と聖女の大冒険

2024年1月31日　初版第一刷発行

著者　荒瀬ヤヒロ

発行人　小川 淳

発行所　SBクリエイティブ株式会社
〒105-0001　東京都港区虎ノ門2-2-1
住友不動産虎ノ門タワー
03-5549-1201　03-5549-1167（編集

装丁　AFTERGLOW

印刷・製本　中央精版印刷株式会社

ISBN978-4-8156-2278-7
Printed in Japan

ファンレター、作品のご感想をお待ちしております。

〒105-0001　東京都港区虎ノ門2-2-1
住友不動産虎ノ門タワー
SBクリエイティブ株式会社
GA文庫編集部 気付

「荒瀬ヤヒロ先生」係
「にもし先生」係

本書に関するご意見・ご感想は
下のQRコードよりお寄せください。
※アクセスの際に発生する通信費等はご負担ください。

https://ga.sbcr.jp/

嘘つきリップは恋で崩れる

著：織島かのこ　画：ただのゆきこ

おひとりさま至上主義を掲げる大学生・相楽創平《さがらそうへい》。彼のボロアパートの隣には、キラキラ系オシャレ美人女子大生・ハルコが住んでいる。冴えない相楽とは別世界の生物かと思われたハルコ。しかし、じつは彼女は……大学デビューに成功したすっぴん地味女だった！　その秘密を知ってしまった相楽は、おひとりさま生活維持のため、隙だらけなハルコに協力することに。

「おまえがキラキラ女子になれたら、俺に関わる必要なくなるだろ」

「相楽くん、拗らせてるね……」

素顔がバレたら薔薇色キャンパスライフは崩壊確実!?　冴えないおひとりさま男と養殖キラキラ女、嚙み合わない2人の青春の行方は——?

試読版
こちら

第17回GA文庫大賞
GA文庫では10代～20代のライトノベル読者に向けた
魅力溢れるエンターテインメント作品を募集します！
書く、その先へ。
イラスト／はねこと
大賞賞金300万円＋コミカライズ確約！
◆募集内容◆
広義のエンターテインメント小説（ファンタジー、ラブコメ、学園など）で、日本語で書かれた未発表のオリジナル作品を募集します。希望者全員に評価シートを送付します。
※入賞作は当社にて刊行いたします。詳しくは募集要項をご確認下さい。
全入賞作品を刊行までサポート!!
応募の詳細はGA文庫公式ホームページにて
https://ga.sbcr.jp/